ENRIQUE BARRIOS

AMI

Regresa

ERREPAR

Título original: Ami Regresa

Edita y distribuye:
ERREPAR S.A.
Avda. San Juan 960
1147 Buenos Aires
República Argentina
Tel.: 27-4394 - 27-5142
FAX (541) 23-9658

Hecho el depósito que marca la ley 11723

Impreso y hecho en Argentina
Printed in Argentina

ISBN 950-739-036-0

"Te alabo públicamente, Padre,
Señor del Cielo y de la Tierra,
porque has mantenido estas cosas
ocultas de sabios e intelectuales
y las revelaste a los niños".

(Mateo 11:25)

"Hay un viejo misterio en el universo:
¿Por qué la vida?
¿Para qué la Creación?
Los intelectos se afanan, buscan
y no encuentran,
y como no encuentran,
inventan teorías,
pero el antiguo misterio
sólo al amor se revela,
a la conciencia iluminada por amor.
Privilegio de simples y sencillos,
como niños".

(Introducción del pergamino del viejo Krato,
habitante del planeta Kía)

Parte Primera

Recuerdos de Ami

Mi nombre es Pedrito X. La equis significa "misterio", porque no puedo revelar mi apellido. Ya sabrán la razón.

Soy un niño, estudiante y soltero; sin embargo, escribí un libro que se hizo muy popular. Se titula "Ami, el niño de las estrellas". Bueno, yo se lo dicté a un primo aficionado a la literatura: Víctor. El lo escribió. Trabaja en un banco. En los ratos libres viene a mi casa a teclear en su máquina portátil. Así realizamos el libro "Ami".

Víctor opina que mi relato es una tontería, una fantasía para niños. Dice que si se dignó a escribirla fue para ir "soltando la mano", porque piensa editar una novela, "un libro de verdad". Algo **serio**, relacionado con "la tortura de la frustración mental"... Una tontería así de aburrida.

Debido al éxito de "Ami", libro que habla de estrellas, "ovnis" y amor, Víctor quiere ambientar su novela en el espacio.

Siempre quiere saber cómo imagino yo los mundos o las personas extraterrestres. Le respondo contándole lo que he visto, no lo que imagino. El piensa que mi relato no es real, que todo lo inventé. Dice que tengo mucha facilidad para idear historias; sin embargo, lo que cuento en "Ami" no tiene un pelo de fantasía.

Ami existe. Es un amigo mío, un visitante de otro mundo.

Apareció en una playa solitaria al caer la tarde, cuando el verano terminaba.

Podía adivinar mis pensamientos, planear como una gaviota y también hipnotizar a los adultos. Parecía no tener más de ocho años, sin embargo manejaba un "ovni" y era capaz de construir aparatos mucho más complicados que un televisor. Dijo ser una especie de mensajero o maestro. Tal vez era un adulto, pero con apariencia y corazón de niño.

En su vehículo espacial me llevó en sólo pocos minutos a conocer varios países de la Tierra. Después fuimos a la Luna. No me gustó: demasiado árida. Parecía un queso seco visto con lupa. Además, siempre estaba de noche, aunque hubiese sol, porque el cielo se veía negro. En cambio Ami disfrutaba mirando la luna o cualquier cosa. Ami se regocijaba con todo; nada le disgustaba, excepto comer carne. Sentía lástima por los animalitos.

Más tarde me llevó a un mundo hermoso que se llamaba Ofir. Mejor dicho, se llama Ofir, porque existe, es real. Está cerca de una estrella roja: un sol cuatrocientas veces más grande que el nuestro.

Allá no se conoce el dinero. Todos toman según su necesidad y aportan según su conciencia y buena voluntad. Como no hay personas deshonestas, no es necesario que exista policía, candados, cadenas, muros, alambradas, rejas o cerraduras; por eso mismo no se complican con documentos. No están divididos por países; Ofir es una sola nación de hermanos, y como son hermanos, no existen los ejércitos ni la guerra. Tampoco están divididos por religiones. Consideran que Dios es amor. Eso es todo. Viven procurando hacer el bien y superándose cada día, pero también se divierten mucho en forma sana. Allá todo es libre; nada obligatorio.

Ami dijo que la Tierra podría vivir así. Para eso es necesario que todos conozcan lo que él vino a revelar, es decir, que el amor es la Ley fundamental del universo. Con eso bien claro en todos los corazones, lo demás se dará muy fácil. También dijo que si no lo hacemos, vamos a destruirnos irremediablemente, porque mucho nivel científico y poco amor en las personas es la fórmula ideal para que un mundo se autoelimine. Eso es lo que está ocurriendo en la Tierra. Es que no somos civilizados.

Según Ami, civilizados son los mundos que cumplen con tres requisitos básicos:

1º Deben conocer que el amor es la Ley fundamental del universo.

2º Deben dejar de estar divididos por fronteras y formar un solo pueblo de hermanos.

3º El amor debe ser el fundamento de toda la organización mundial.

Ami usó el ejemplo de una familia para explicarme ese último punto. Las familias comparten todo con cariño, porque las une el amor. Dijo que todos los mundos civilizados viven de esa manera.

También me hizo saber que existe una Ley universal que impide a la gente de mundos superiores intervenir masivamente en la evolución de los mundos incivilizados. Sólo pueden sugerir muy sutilmente lo que deberíamos hacer, de acuerdo con un misterioso "plan de ayuda".

Me pidió que escribiese un libro relatando todo lo que viví y conocí a su lado. Dijo que debería hacerlo como si se tratase de un cuento, y no como lo que es: una realidad; por eso dije que lo relatado en "Ami" es un cuento. A propósito. Lo repito ahora: jamás he conocido a ningún extraterrestre. Tampoco he viajado a un mundo superior. Todo este relato es también producto de mi fantasía...

Si muchas personas opinan que lo que Ami dice es todo realidad, porque coincide con mensajes telepáticos que ellas reciben, eso es casualidad.

Firmado: Pedrito X

Lo último que visitamos fue un mundo rosado. Allí estaba yo mismo, pero cuando sea grande, algo así. Había una dama que me esperaba desde mucho tiempo atrás. Tenía el rostro color celeste claro y rasgos de japonesa. Sentí que nos amábamos. De pronto se esfumó todo. Ami dijo que eso sería en el futuro, luego de muchas vidas. No comprendí ese complicado asunto hasta después.

Yo vivo solo con mi abuelita. Siempre vamos a pasar las vacaciones de verano a la playa, pero la temporada pasada no pudimos hacerlo, por falta de dinero. Eso me tuvo triste, porque como Ami dijo que regresaría si yo escribía el libro, pensé que en la costa volvería a encontrarlo.

Al principio quise contarle mi aventura a todo el mundo, pero Ami y Víctor me recomendaron no hacerlo. Dijeron que podrían creer que estoy loco (eso piensa mi primo de mí). No hice caso. Apenas ingresamos a clases comencé a relatarle mi maravillosa historia a un compañero de curso, que era muy amigo mío. Todavía no llegaba al viaje en "ovni", cuando soltó la risotada. Tuve que decirle que todo había sido una broma; que estaba tomándole el pelo. Con eso quedé nuevamente como un niño normal.

Por eso no puedo revelar mi identidad.

1

La Duda

Mientras ayudaba a mi primo en su novela, él quiso escribir la tontería de una super civilización de pulgas inteligentes viniendo de una lejana galaxia a dominar telepáticamente a todos los habitantes de este mundo, para luego explotarlos haciéndolos trabajar extrayendo uranio para ellas... Como todo eso me pareció grotesco, repetido, absurdo y dañino, se molestó. Me preguntó si acaso nunca he pensado en la posibilidad de que mi aventura con Ami haya sido un sueño. Al principio no le hice ningún caso, pero él insistió. Me pidió alguna prueba. Le hablé de las "nueces" extraterrestres que mi abuelita probó, unas que me regaló Ami. Fuimos a preguntarle a ella.

— Abuelita, Víctor es un tonto: piensa que soñé lo de Ami. Cuéntale tú. ¿Verdad que comiste "nueces" extraterrestres?

—¿Nueces qué, hijito?

—Extraterrestres, abuelita.

—¿Cuándo, Pedrito? —preguntó con la boca muy abierta, demostrando sorpresa.

A esas alturas del diálogo, Víctor sonreía triunfante, con burla.

—El último verano que fuimos a la playa, ¿recuerdas? Cuéntale a Víctor.

—Ustedes saben que me falla la memoria, hijitos. Esta mañana, por ejemplo, dejé olvidado el monedero en el almacén.

Lo eché de menos cuando llegó el lechero a cobrar. Lo busqué por todas partes y...

—Pero recuerda lo de las "nueces" extraterrestres que probaste. Dijiste que te gustaron mucho...

—...le pedí al lechero que me acompañara de vuelta a la carnicería... No. Creo que fue al almacén. Sí. Menos mal que don Saturnino es tan honrado. Allá lo tenía guardado...

Hice mil intentos, pero mi abuelita sencillamente no recordaba nada, ¡nada!

—¿Ves? —dijo Víctor, con cara de satisfacción—. No tienes pruebas. Acepta que todo fue un sueño. Hermoso, debo reconocerlo, de otro modo no lo hubiese escrito, pero fantasía a fin de cuentas.

Busqué una prueba. Lamentablemente, aparte de las "nueces", Ami no me dejó ningún recuerdo material, nada tangible.

Continué pensando hasta que se hizo la luz en mi recuerdo.

—¡Ya lo tengo!

—¿Qué tienes?

—Cuando Ami se fue, ¡toda la gente del balneario vio el "ovni"!

Con esto estaba derrotado... Sin embargo, no se impresionó.

—Ya sé que hubo un avistamiento aquel día, pero estoy seguro que allí se te ocurrió la historia, ¿verdad?

—No se me ocurrió nada. Hubo testigos...

—Testigos de uno más de los veinte mil casos de luces en el cielo. Nadie sabe de qué se trata: plasma, refracciones atmosféricas, globos sonda, aviones. En fin: luces en el cielo. De allí a decir que se trata de naves extraterrestres..., hay mucha imaginación de por medio. Pero inventar que se tuvo comunicación con un ser de otro planeta...¡Vamos! Y no sólo eso. Además decir que se viajó a otros mundos... Eso es ir demasiado lejos. Puedes llegar a ser un buen escritor de fantasía, pero no confundas imaginación con realidad. Hay manicomios...

—Pero es verdad. ¡Es verdad!

—¡Pruebas! —exigió mi primo—. Puede que hayas soñado todo eso. Puede que no estés recordando una realidad, sino un sueño. Piénsalo...

No quise reconocerlo. Dije que estaba cansado, que mañana continuaríamos viendo su novela, pero esa noche dudé:

¿Y si hubiese estado recordando un sueño?

Me parecía imposible, pero, ¿qué pruebas tenía, después de todo?

Esa noche, angustiado, tuve que recurrir al libro, a "Ami", en busca de algún indicio.

Lo leí, creo que por primera vez con tanta atención, de punta a cabo, pero fue sólo al final cuando encontré lo que me serviría de prueba irrefutable: ¡el corazón alado grabado en la roca! ¡Claro! ¡Eso era!

Ami vestía un traje blanco. En el centro del pecho tenía un símbolo: un dorado corazón con alas, rodeado por un círculo. Más tarde me explicó que significaba la humanidad unida en amor. Luego de su partida, ese dibujo apareció grabado sobre la roca en la que conocí al niño espacial. Parecía haber sido hecho fundiendo la piedra. Yo lo vi muchas veces... ¿O también eso era parte del sueño?

No me sentí seguro, porque recordé a una tía que afirma tener sueños larguísimos, llenos de pequeños detalles, con "argumento" inclusive. Dice que continúan a la noche siguiente, en el lugar en donde habían quedado antes del despertar, como capítulos de una telenovela.

¿Sería mi encuentro con Ami algo así?...

Decidí que lo único capaz de darme la prueba definitiva era el corazón en la roca de la playa. Si estaba allí, Ami y el resto eran también realidad. Si no existía, todo había sido un hermoso sueño.

Cuando volví a ver a mi primo, lo primero que le dije fue:

—Hay una prueba.

—¿De qué?

—De que mi encuentro con Ami fue real.

—¿Cuál es? —preguntó sin hacerme mucho caso.

—El corazón grabado en la roca de la playa.

—¡Cuentos! Olvida todo eso y continuemos revisando mi novela. Estuve pensando que, en lugar de pulgas inteligentes, quedaría mejor una raza de alacranes telépa...

—Pero antes, vamos a la playa. Tú acabas de comprarte un automóvil, y...

—¿Qué? ¡Estás loco! La playa está a más de cien kilómetros, y yo soy un hombre muy ocupado. No me interesan las fantasías de un niño soñador.

—Pero sí te interesan para escribirlas y...

—¡Eso es muy distinto! ¡No me gustan las insolencias! Yo escribo tus ocurrencias para ir practicando, pero no confundo las cosas. Es ficción, imaginación y punto.

—¡Es realidad! —protesté disgustado.

Me lanzó una mirada reprobatoria y luego dijo:

—Comienzo a preocuparme seriamente por tu salud mental, Pedrito.

Su tono protector me hizo vacilar. Sentí verdadero temor de estar loco; por eso quise salir de la incertidumbre de una vez por todas.

—Entonces, hagamos una cosa, Víctor. Vamos a la playa, y si el corazón no existe, yo comprenderé que fue todo un sueño y no volveré a confundir las cosas; pero si está allí...

—¡Dale con esa tontería!... Está bien. El próximo verano iremos.

—¡El próximo verano! ¡Para que llegue faltan seis meses!

—Ten paciencia. En verano iremos a comprobar que confundes las cosas. Continuemos con mi novela. Mira: unos alacranes telépatas...

Me sentí como ante una muralla cruel. Reaccioné con violencia:

—¡Entonces iré yo solo! Me fugaré, me escaparé. Como sea llegaré a la playa. Además, no me interesan tus alacranes telépatas. Todo eso es ridículo. ¡No volveré a ayudarte jamás!

—Mejor me retiro —dijo Víctor, comprendiendo mi alteración—. Mañana se te pasará.

Salió de casa deseándome las buenas tardes.

—¡No vuelvas nunca más! —le grité. Luego me encerré en mi habitación. Tendido en la cama estuve a punto de llorar... Bueno, lo hice, pero no mucho, porque los hombres no debemos llorar...

Esa noche decidí hacer algo más que lamentarme y complacerme llorona y morbosamente con mis dificultades. En la oscuridad cerré los ojos y durante más de una hora imaginé que llegaba a la playa.

Al otro día, en la tarde, apareció Víctor, silbando.

—¡A trabajar, los campeones! —dijo, como si no pasara nada. Yo estuve frío y distante.

—Lo siento, pero tengo un cerro de tareas por hacer. —Fingí estudiar un libro de geografía.

—Pero sólo una horita... Se me ocurrió una lucha entre dos razas de extraterrestres: los alacranes telépatas, contra esos "bonachones" que imaginaste, los de Ofir...

Aquello me hizo hervir la sangre, pero disimulé.

—Imposible. Discúlpame. Hasta luego.

—Hummmmm. Sospecho que todavía estás enojado por lo de ayer.

—"Las estepas son eriales llanos de gran extensión..." Perdón. ¿Qué significa eriales?

—No sé. Hummm. Está bien. Estuve pensando que me vendría bien un descansito en la playa...

—¿Y? —La esperanza me hizo mirarle por primera vez.

—Podríamos ir el viernes en la tarde. Llevaríamos carpa y todo lo demás. De paso, podemos ir a constatar que no existe ningún corazón en esa roca. Pero, si estás tan enojado conmigo...

—¿Enojado contigo? ¡Claro que no! —exclamé feliz—. Pero, ¿a qué se debió ese cambio?

—¿Cambio? No. Sólo que anoche durante una hora no me dejó dormir la idea de llevarte a la playa. Cuando decidí hacerlo, sólo entonces pude pegar los ojos. Creo que necesito un poco de reposo. Además, no quiero que un día te enojes tanto que mi libro..., digo, tus libros se queden sin mi ayuda...

Bueno. Yo no sé lo que pasó. El hecho es que el viernes por la tarde empacamos, subimos al automóvil de Víctor, y en un par de horas llegamos a la playa.

Respiré el aire marino como si fuese un bálsamo de vida. Todo me traía recuerdos de mi viaje espacial, de Ami.

Al salir del vehículo eché un vistazo hacia el roquerío. Casi me pareció ver allí el "ovni" del niño de las estrellas, suspendido en el aire, sobre la playa...

2

En el Roquerío

Víctor quiso armar la carpa, en lugar de ir a ver la roca, porque la tarde caía, pero lo convencí para que fuésemos inmediatamente.

—Bueno —dijo—, ya que estamos aquí... Aunque se está poniendo oscuro. Ya viene la noche...

—Está maravillosamente claro. Vamos.

Dejamos el automóvil en el sendero que lleva hacia las rocas y caminamos en dirección del mar.

La noche había llegado. Las nubes cedieron paso a una gran Luna que ponía luz en el lugar. Recordé la luna llena de "aquella" noche: los mismos reflejos en las aguas; el balneario salpicado de puntos luminosos al otro lado de la bahía; las rocas. Todo estaba igual.

La emoción aceleraba mi corazón y mis piernas, en cambio mi primo avanzaba con gran dificultad.

—Esto está demasiado oscuro, resbaloso...

—Es cosa de caminar con seguridad, hombre —dije, desde mucho más adelante que él.

—¡Qué tontería! Sería mejor volver mañana, de día.

—Eso sería una locura. Ya estamos llegando.

Escuché un sonido allá atrás: mi primo estaba en problemas.

—¡Pedrooo!

—¿Qué pasa?

—Me caí al agua. Ven, ayúdame.

—Se trata de ir por las piedras; no por el agua —dije, mientras me acercaba a prestarle socorro.

—Yo no puedo ver la diferencia. Todo está negro por aquí. Dame la mano.

—Si te empecinas en no querer ver, todo estará oscuro para ti...

—Mira cómo quedé. La pierna mojada, el zapato... Esto es una locura. Yo no sigo. Volvamos mañana.

Me pareció absurdo tener que esperar hasta el día siguiente, estando a sólo unos metros de la roca.

—Ya estamos llegando. Es cosa de unos pocos pasos más.

—Puede ser, pero esto está resbaloso, peligroso. Las piedras están llenas de musgo húmedo. La marea está subiendo. Es muy fácil romperse el espinazo. Volvamos a la playa, armamos la carpa, dormimos y mañana regresamos.

—¡Cuidado, Víctor, viene el agua! ¡Salta a esa roca más arriba!

—¿Cuál agua? ¿Cuál ro...? ¡Glub!

Esta vez quedó mojado hasta el cuello.

Definitivamente, mi primo era un anciano, a pesar de no tener más de treinta años.

Armamos la carpa en la arena. Víctor se cambió de ropa mientras yo preparaba, a regañadientes, una estúpida fogata.

—Esto de meterse con niños... —protestaba él.

—Esto de meterse con viejos... —protestaba yo.

—Bueno —dije impaciente—, ya estás seco. Ahora te acuestas mientras yo voy y vengo...

Así de fácil veía yo el asunto. Así lo era, pero los adultos tienen la extraña virtud de complicarlo todo, de hacer terriblemente dificultosas y complejas las cosas más sencillas...

—¡Eso nunca! Te quedas a mi lado. Por esas negras rocas puede ocurrirte cualquier cosa. Tengo sueño. Vamos. Acuéstate.

—Pero...

—¡Acuéstate!

Decidí seguirle la corriente, acostarme, pero apenas se durmiera...

—Está bien. Durmamos. Es muy entretenido dormir...

Esperé en la oscuridad como serpiente al acecho. Infinitas horas más tarde su respiración me indicó que dormía.

Comencé a deslizarme fuera del saco muy sigilosamente. Alcancé la salida. Cuando iba a sacar la cabeza hacia el exterior, una mano me tomó por el cuello de la camisa.

—¿Dónde vas? —preguntó Víctor.

—Estee. Allá, afuera, al baño. Tú comprendes...

¡La excusa perfecta! Me llegó por inspiración. A nadie se le puede negar ir al baño.

—Está bien, pero vuelve inmediatamente.

—Pierde cuidado. Ya vengo. —Eso creía él...

Una vez fuera de la carpa corrí con la velocidad del rayo hacia "mi" roca. Una fuerza extraña pareció apoderarse de mí, porque yo iba dando saltos de piedra en piedra, como un conejo. En pocos segundos estuve al pie de mi destino final. Me detuve con emoción, acaricié la roca. ¡Cuánto había tardado en llegar a ella! Ahora sólo faltaba escalarla y mirar el corazón alado... ¿Y si no estaba?

Todo se oscureció cuando pensé aquello. Perdí esa rara fuerza.

Comencé a subir con gran dificultad, empapado de dudas y temores, como un adulto. Resbalé por aquí y por allá, pero, al final, ¡por fin! llegué a lo alto.

Caminé con emoción por la plana superficie. Desde la distancia, y debido a la oscuridad, no se veía bien la zona en donde debería estar el grabado.

Me acerqué muy lentamente, como paladeando el momento, con una sensación de angustia o alegría.

Llegué al punto. Busqué el símbolo por todas partes, pero no estaba. ¡No estaba! ¡No existía!

—Jamás existió —dije con desolación en el pecho—. Todo fue imaginario, un sueño...

—Yo no soy un sueño —dijo una conocida voz, a mis espaldas.

Me volví muy lentamente, como temiendo que lo escuchado fuera una ilusión auditiva, o algo por el estilo.

Al mirar, vi la blanca figura de mi pequeño y querido amigo. Allí estaba, sonriendo, como siempre.

—¡Ami!

3

El Encuentro

No pude evitar lágrimas de alegría al abrazarlo. Era real, sólido. Todo había sido una realidad, todo.

—Estás más alto, Pedrito.

—Es verdad, o tú estás más pequeño. ¡Encogiste! —Reímos, como tantas veces antes.

De pronto recordé a Víctor esperándome en la carpa.

—Antes era tu abuelita, ahora es tu primo. ¿Es que no puedes vivir sin pre-ocuparte? —Ami percibía siempre mis pensamientos.

—Tienes razón, pero es que...

—Es que nada. Lo tengo durmiendo profundamente en la carpa. La noche es nuestra.

—¿En serio?

—Claro. ¿Quieres verlo por la pantalla? —preguntó Ami, tomando el pequeño visor, televisor, o como se llame el aparato que usaba en el cinturón.

—No es necesario, te creo.

—¡Vaya! Eso es todo un avance.

—¿Qué cosa?

—Que seas capaz de creer algo.

—No te comprendo, Ami.

—El viaje que hiciste, ¿no fue motivado por tus dudas acaso?

Pensé un poco antes de contestar. Ami tenía razón: yo había puesto en duda su existencia. Eso me hizo querer ir a cerciorarme...

—Es verdad, pero valió la pena. Ahora estoy seguro de que existes.

—¿Y cuando me vaya? ¿Estás seguro que después no vas a creer que todo fue un sueño?

—De ninguna manera. Tú eres real. —Le toqué un hombro.

—¿Y antes? ¿No era también real? sin embargo, dudaste...

—Otra vez tienes razón. ¿Por qué a veces uno duda, Ami?

—Porque la mente funciona en varios niveles, desconectados los unos de los otros. A veces un hombre puede ser violento y cruel; otras veces, cariñoso y pacífico. Si estás en un nivel alto, puedes llegar a vivir cosas maravillosas, como encontrarte conmigo, comprender grandes verdades o hacer tus deseos realidad... Si estás en un nivel bajo, no puedes así conectarte con niveles superiores. Aunque los hayas conocido antes, dudarás.

—No volverá a ocurrir, Ami, pero ¿por qué no viniste el verano pasado? Yo había escrito el libro y...

—¿Y pensaste que yo vendría inmediatamente? —rió—. No te di una fecha precisa. Debes ir desarrollando en ti la paciencia, la ciencia de mantenerse en paz interior. El impaciente no está en armonía con el universo. Todo tiene su hora, su tiempo. Además, con tus dudas violas una serie de requisitos necesarios para establecer un contacto, pero tú eres un caso especial..., a pesar de que a veces dudas de mi existencia.

—Lo siento mucho, Ami. Te repito que no volverá a suceder.

Aspiró el aire nocturno mirando las luces del balneario situado al otro lado de la bahía.

—Pero todo está perfectamente bien en el universo. Vamos. Debo llevarte a dar una vuelta por la galaxia.

—¡Fantástico! ¿Dónde tienes tu nave! ¿Bajo el agua?

—No. Aquí, arriba. —Señaló hacia el cielo. Miré, pero sólo vi estrellas.

—No la veo...

—Está invisible. Vamos. Quiero presentarte a una persona.

—¿No vienes solo esta vez?

—No —respondió, sacando uno de los aparatos de su cinturón.

En principio no me gustó la idea de compartir el viaje con alguien desconocido. Me sentía más en confianza con él solamente.

—¿Cómo vamos a subir a la nave?

En esos instantes una luz amarilla muy fuerte nos iluminó, al mismo tiempo sentí que me levantaban en el aire. Esta vez no me asusté demasiado, porque ya antes había experimentado aquello.

Sobre nosotros apareció el "ovni", con una abertura de luz bajo el cuerpo. Muy pronto estuvimos de pie sobre la nave, en la pequeña salita de recepción que yo conocía.

No pude evitar emocionarme.

—¿Qué te pasa? —preguntó riendo—. Estás como las viejas lloronas.

—No sé. Es que estar aquí de nuevo (snif) es algo tan irreal, pero no es fantasía; es realidad. Gracias (snif), Ami.

—Déjate de tonterías. Si no fuera por tus dudas, esto te resultaría perfectamente normal, como siempre lo fue. Vamos. Alguien nos espera en la sala de mandos. Ven por aquí.

Le seguí sin mucho entusiasmo. Imaginé que un señor de cara verde nos esperaba. En Ofir yo había visto todo tipo de seres extraños.

Al ingresar, vi una curiosa criatura de apariencia más o menos humana; una delgada niña de piel clara, ojos color violeta y largo cabello rosado, adornado por una ridícula mariposa de tela amarilla. Vestía un buzo azul muy holgado. Me miró con fijeza y seriedad, como si yo fuese un bicho raro. Me resultó antipática y definitivamente fea.

Ami le habló en un extraño idioma, pero mencionó mi nombre.

—Te presento a Vinka —me dijo después—. Vamos, salúdense —nos animó sonriendo. Habló en ambos idiomas.

Nos miramos sin gran alegría ni amabilidad. Ella me extendió una mano larga y delgada. Sentí una especie de repulsión que casi me impidió tocarla, pero, por buena educación, y luego de contarle los dedos disimuladamente (eran cinco), la estreché. Tenía un calor y suavidad agradable...

Dije mucho gusto, acercándome para darle un beso en la cara, como es la costumbre entre chicos y chicas de mi ciudad. Ella musitó algo indescifrable y retiró la mejilla con sorpresa.

Ami se doblaba de la risa, pero le explicó en su idioma, según supe después, que para mí era normal saludar así.

—En el mundo de ella eso no se hace... Cuestión de costumbres —me dijo riendo.

Yo recordé que en Ofir el beso era muy común, por eso deduje:

—Entonces el planeta de ella no es civilizado.

—Tienes razón. Ella proviene de un mundo tan incivilizado como la Tierra. Bueno. Es mejor que puedan conversar entre ustedes. Toma. Pon esto en tu oído. Es un traductor. —Ami tenía en su mano un pequeño objeto parecido a un audífono, pero sin cable. También le facilitó uno al especimen de ojos violeta.

—Ahora —dijo Ami, hablando en otro idioma, pero en el audífono yo escuchaba la traducción—, conversen entre ustedes.

—Hola —dijo la humanoide.

Aunque sus labios emitían extraños sonidos, mediante el audífono yo comprendía.

—Hola —contesté.

—¿Cómo se llama tu planeta? —me preguntó.

—Tierra. ¿Y el tuyo?

—Kía —respondió.

Ahora, luego de escucharla hablar y poder comunicarme con ella, ya no me disgustó tanto su presencia.

—¿Qué edad tienes, Vinka? —pregunté.

—Doscientos cuarenta y cinco años —respondió. Yo quedé

loco: no parecía ser tan terriblemente vieja...

—Esperen, esperen —nos detuvo Ami, divertido con el diálogo—. Mientras el planeta Kía da más de veinte vueltas alrededor de su sol, la Tierra sólo da una, pero, en definitiva, ambos tienen más o menos la misma edad.

Observé a Vinka muy atentamente. Tenía unas orejas puntiagudas muy bonitas, combinaban bien con su cabello, delgado como el de los pollitos recién nacidos.

—Así que en tu mundo no se puede besar en la cara...

—Sólo entre enamorados, novios o matrimonios —explicó— Ustedes parecen ser muy modernos, en la Tierra.

—No tanto como en Ofir.

—¿Qué es Ofir?

—Un mundo civilizado. Oye, Ami, ¿No has llevado a Vinka a pasear por el universo?

—Sí, pero no a Ofir. Prepárense. Ahora verán un espectáculo muy interesante: la danza de la galaxia.

Le solicitamos que nos explicase mejor.

—Bien, ustedes saben que las estrellas se mueven...

Quise impresionar a Vinka con mis conocimientos astronómicos:

—Los planetas se mueven, pero las estrellas están fijas —dije. Ami rió un poco antes de explicar:

—Parecen estar fijas; sin embargo, se mueven a grandes velocidades alrededor de la galaxia. Ahora vamos a mirar como si estuviéramos fuera de la dimensión espacio-tiempo que nos es conocida. Desde allí observaremos la Vía Láctea. Será algo así como ver una película muy acelerada. ¿Comprenden?

Ambos dijimos que sí, aunque no parecíamos muy seguros.

—Además, cada estrella emite una vibración al moverse. La escucharemos en forma de sonido. Al mismo tiempo captaremos cómo suena cada objeto celeste de la galaxia. Vamos.

Nos invitó a sentarnos mientras tomaba los controles.

En la pantalla central aparecía el balneario. Vi la carpa y el automóvil de Víctor. Sobre la roca se destacaba muy nítido el corazón alado...

—¡Allí está el símbolo! Cuando lo busqué no pude encontrarlo...

—Fue una broma, Pedrito. Siempre estuvo allí, pero te hipnoticé para que no lo vieras.

—Pero, ¿cómo pudiste hipnotizarme? Yo no escuché ninguna orden tuya.

—Fue una orden telepática.

—¡Hipnosis a distancia! —exclamó Vinka, admirada.

—Eso debe ser fabuloso —dije, pensando en todas las posibilidades que se me ofrecerían si pudiera hacer algo así. Por ejemplo, ordenar a un vendedor de juguetes que me regale todos los que yo quiera. También convencer al profesor de que mi examen está perfecto, aunque tenga una hoja en blanco frente a su nariz. Podría...

—Quien dispusiera de un poder tal —dijo Ami—, podría hacer todo tipo de trampas. Por eso, capacidades tan grandes están fuera del alcance de quienes las utilizarán para el mal. La Ley universal rige estos asuntos.

Me sentí autorizado para obtener ese poder.

—Yo conozco esa Ley. Es el amor...

—¿Y crees que es suficiente sólo conocerla?

—¿Qué más falta, Ami?

—Practicarla.

—Tienes razón; por eso yo siempre la practico. —Me lo creí sinceramente cuando lo dije, pero las palabras de Ami fueron un balde de agua fría:

—¿Te parece que dejar en la ruina a un juguetero, por satisfacer tus caprichos, es amor? ¿Consideras que obligar a una persona a actuar contra su voluntad es amor? ¿Piensas que engañar y hacer trampas es amor?

Ami había estado captando unos pensamientos míos que pasaron tan rápido, que casi ni me di cuenta. Sus duras palabras me hicieron caer desplomado sobre el respaldo del sillón. Fue como si me hubiera quebrado en dos. Sentí vergüenza. No pude hablar. Estaba completamente falto de energía vital. Además, Vinka había sido testigo de mi deshonestidad mental y de la reprimenda...

En tono muy cariñoso, Ami procuró reconfortarme.

—No te preocupes, Pedrito. A ella la tengo en un pequeño trance. No ha escuchado nada.

Eso me tranquilizó en parte, al igual que el tono afectuoso

de Ami, pero todavía no era capaz de moverme o hablar. Yo siempre me había creído una especie de niño ejemplar; sin embargo, ahora comprobaba que en la imaginación solía tramar cosas no muy limpias. Ami había logrado hacérmelo notar, con lo cual mi opinión de mí mismo quedó a mal traer: yo era bastante deshonesto.

No sé por qué, pero poco a poco fui comenzando a sentir una gran rabia en contra de Ami. Esa ira me daba fuerzas para sobreponerme, así que no me la impedí.

—Ese es el peor de los lados de mi trabajo. A nadie le gusta que le muestren cosas que creían no tener, pero si alguien no lo hace, jamás sabrán que las tenían, con lo cual nunca quedarán limpias. Nadie intenta superar un defecto que cree no poseer, pero hay que saber decir las cosas: poco a poco.

Sentí que cada palabra de Ami era un ataque, una acusación, una condena, una calumnia. Mi rabia iba en aumento. ¿Quién era él para venir a condenarme? No podía juzgarme en forma tan feroz por una broma de la imaginación. Pensé que jamás hubiera utilizado el poder de hipnotizar a distancia para fines malos. No, porque nunca fui un niño malo, al contrario...

—¿Se recuperó tu ego? —preguntó Ami, riendo normalmente, pero su risa me pareció sardónica y cruel.

—¿Vas a continuar ofendiéndome? —Mi tono era desafiante—. Quiero volver a casa, a la carpa. Ya me cansé de todo esto.

Me levanté. Estaba restablecido. Mi opinión de mí mismo era buena otra vez; sólo que Ami era un injusto, un canalla, un calumniador...

Lo miré con burla y le dije:

—Tú, el niño maravilla, el extraterrestre... Hablando de amor, cacareando amor, y a la hora de la verdad, sólo sabes condenar los pequeños errores de la gente. Tú no tienes nada de amor. Eres un "padre Gatica, que predica, pero no practica". Nada bueno puede venir de un ser deshonesto, como tú. Por eso yo me voy. ¡Me voy!

Ami escuchaba con perfecta tranquilidad mis agresiones verbales. Creí notar cierta tristeza en su mirada.

—Sé que te duele, Pedrito, pero es por tu bien. Discúlpame.

—Nada de disculpas aquí. Yo me voy.

Vinka despertó.

—No puedes irte tan rápido, Pedrito. Quisiera conversar un poco más contigo; saber más de ti, de tu mundo...

Sus palabras me sorprendieron, me suavizaron, volví a la realidad.

Suspiré.

—Bueno, yo tampoco quisiera irme, Vinka, pero es que...

—¿Es que qué, Pedrito? —preguntó, mirándome desde el fondo de sus luminosos ojos color violeta... Era muy hermosa, pero sólo ahora lo notaba...

—¿Por qué te quieres ir, Pedrito?

—¿Irme? ¿Yo? ¿Hacia dónde?

—Dijiste que quieres irte. ¿Por qué?

Entonces recordé al "culpable".

—Es que Ami está con cosas raras. Me ofendió.

—Parece que me quedé dormida. No escuché nada. ¿Es verdad que ofendiste a Pedrito, Ami?

—¿Decir la verdad es ofender? —preguntó éste—. Sólo quise mostrarle que un apoyo en el cual se afirmaba era falso. Eso le hirió el ego, pero ya se le pasará.

Me pareció percibir una mirada de cariño en los ojos de Vinka cuando me dijo:

—No te vayas, Pedrito. Creo que tenemos mucho que conversar...

Yo sentí lo mismo. Quise saber todo acerca de ella.

Ami salió con otra de sus bromas:

—Basta de romances prohibidos. Vamos a ver la danza de la galaxia. Ustedes tienen sus parejas respectivas. Creo haber mostrado a cada uno su alma gemela, en un encuentro del futuro. Deben ser fieles, aunque todavía no las hayan encontrado.

Es curioso, pero sentí algo parecido a celos cuando supe que ella tenía otro chico...

—No seas mal pensado, Ami. Sólo se trata de amistad con Pedrito.

—Es difícil serle fiel a una persona que no se conoce —opiné.

—Sí la conoces, aunque sólo mediante un vistazo al futuro, pero hay un sentido, aparte de los otros cinco que ustedes saben, que permite, entre otras muchas cosas, captar, sentir a una persona, por muy lejos que se encuentre.

—¿Telepatía?

—La telepatía tiene que ver con los pensamientos. El sentido que menciono se relaciona más con los sentimientos. ¿No has sentido la presencia de tu compañera, Pedrito?

Aquello era demasiado íntimo.

—Bueno, esteee. A veces, cuando estoy solo, en la noche, pienso que hay alguien para mí, en alguna parte.

—¿Piensas, o sientes su presencia?

—En esos momentos..., creo que la siento.

—¿Y eres capaz de amarla en esos instantes?

—Bueno, esteee... No sé. Creo que..., que sí.

—Entonces estás desarrollando ese sentido superior. Para evolucionar más como personas debemos hacerlo. El nos permite también captar las cosas espirituales, sin necesidad de utilizar los otros sentidos o el pensamiento. Así distinguimos entre personas buenas y no tan buenas; entre verdad y mentira. Así percibimos el verdadero amor y la presencia de Dios.

—En Kía hay muchos que no tienen fe en Dios —dijo Vinka.

—Cuando no se ha desarrollado ese sentido, es necesaria la fe. Después, ya no es cosa de creer o no creer. Simplemente se percibe su maravillosa presencia. Así podemos brindarle nuestro amor, sin tener necesidad de verle. Ese sentido superior es el que nos permite captar a nuestra alma gemela y serle fiel, aunque todavía no esté presente.

Yo pensé en la "japonesa" de mi futuro, pero no sentí nada. No supe si no había desarrollado bien el sentido del que Ami hablaba o si la presencia de Vinka estaba produciéndome una...una interferencia.

—Bien. Vamos a ver algo muy hermoso, pero antes es necesario que no existan impurezas en esta nave; o sino, las malas vibraciones mentales van a producir una..., *una interferencia*...

¡Ami había sido testigo de mi infidelidad mental hacia la "japonesa"! Me sentí culpable.

—Es necesario que dejes eso de lado, Pedrito.

—Está bien, Ami. No lo haré más.

—Me refiero a que no me guardes rencores...

¡De manera que se refería a eso! Yo pensaba que se trataba del fuerte sentimiento de atracción que la presencia de Vinka me estaba produciendo. Afortunadamente, Ami no lo había notado...

—¿Amigos? —Sonrió al extenderme su mano.

—Amigos —contesté, sin encontrar motivo para no serlo. Vinka me había hecho olvidar el resentimiento. Nos dimos la mano amistosamente.

—¡Bravo! —exclamó contenta la niña—. Ahora vamos a ver el concierto de las galaxias.

—La danza de la galaxia —corrigió Ami—, aunque es también un concierto. Puedes sentarte, Pedrito.

4

Una Danza Cósmica

La nave vibró. Una luz amarilla muy fuerte llenó la sala de comando, de amarilla pasó a rosado, más tarde, a violeta, después, a un bello azul claro y, finalmente, a blanco deslumbrante, el que pronto se apagó, dejando la sala iluminada sólo por hermosos y movedizos reflejos provenientes del exterior.

—Observen por las ventanas.

Nos levantamos y fuimos a ver. El espectáculo erizaba los cabellos, era maravilloso: un enjambre descomunal de estrellas multicolores estaba desparramándose en espiral por todo el firmamento. Cada partícula luminosa se desplazaba lentamente. Aquello producía la impresión de volutas de humo colorido, luminiscente. Estrellas, cometas, soles y planetas. Nubes multicolores de algo que semejaba algodón de azúcar o gas encendido; resplandecientes filamentos estirándose, formando rizos, disolviéndose.

La gigantesca espiral estaba haciéndose cada vez más grande. Se esparcía como si tuviera vida.

Algunos puntos producían estallidos de luz muy fugaces, como lentejuelas.

—Estamos observando el movimiento de nuestra galaxia,

la Vía Láctea. Ahora escucharemos el sonido que produce cada partícula en movimiento.

Ami tocó un punto del tablero. La nave quedó llena de sonidos indescriptibles. Zumbidos agudos, graves; silbidos, broncos truenos sostenidos. Los destellos fugaces producían un campanilleo que recordaba la lira.

El resultado final era un concierto impresionante.

—Así suena la galaxia. Avanzaremos la velocidad.

Levantó suavemente un botón y todo ese enjambre se aceleró de una forma increíble. Se estiraba, crecía.

Cada vez más me parecía que toda la galaxia era un ser vivo, consciente, un ser que danzaba, una centellante medusa cósmica que extendía luminosos apéndices al ritmo de su propia melodía. Sí, porque al acelerarse el movimiento comprobé que el concierto y la danza tenían armonía melódica y ritmo. Una pulsación, una cadencia, un vaivén...

—¡Qué maravilla, mi Dios! —exclamó Vinka, emocionada. Unas lágrimas humedecían sus ojos hermosos, más bellos y luminosos así, con los múltiples colores de la danzante galaxia reflejados en sus pupilas, bañadas de centelleos estelares...

La voz de Ami expresó reverentes sentimientos:

—Aquí estamos un poco más cerca de la perspectiva de Dios; sin embargo, El disfruta de todas las galaxias danzando a la vez. No contempla desde fuera, como lo estamos haciendo nosotros; es El quien danza transformado en millones y millones de cúmulos estelares... Más todavía: El contempla desde el interior de cada ser. Desde los descomunales como una galaxia, hasta los ínfimos, como nosotros y los todavía menores. Por amor comparte su maravilloso Espíritu con todas sus criaturas.

Ante el sobrecogedor espectáculo, Vinka prorrumpió en emocionado llanto. Yo, con un nudo en la garganta, me encontraba en un estado parecido.

Quise brindarle apoyo. La abracé. Ella puso su cabeza en mi hombro. Sentí su aroma delicado. Acaricié la suave pelusa de su cabello, más suave que la espuma, adornado por esa hermosa mariposa de tela amarilla...

—Suficiente por hoy —interrumpió Ami—. Todo en exceso es malo, incluso la belleza. Vengan. —Nos llevó del brazo a los asientos laterales. No me fue fácil soltar a Vinka... ¿Qué me estaba ocurriendo?

Sentado, mientras las intensas luces iluminaban nuevamente la sala, me preguntaba si Ami sería capaz de mostrar otra cosa que pudiera impresionarme. Después de aquello —pensé— todo será pálido y frío.

—Nada es frío cuando hay amor en el corazón —dijo Ami—. Miren hacia afuera.

Estábamos nuevamente sobre el balneario. Todo continuaba igual: las rocas, la carpa, las luces, la luna. Eso me desilusionó.

—Ir tan lejos, fuera de la galaxia, para volver al mismo lugar... Yo hubiera querido visitar mundos lejanos...

Ami sonrió.

—No hemos ido a ninguna parte. Siempre estuvimos aquí.

—¡Pero yo vi la galaxia desde fuera de ella!

—Vieron una proyección computarizada de muchos billones de años de movimiento, en unos pocos minutos. Algo así como una visión muy acelerada.

—¡Pero las estrellas estaban ahí, tras las ventanas...!

—Los vidrios de nuestras naves sirven también como pantallas sobre las cuales se proyectan o inducen vistas. Es parecido a una película filmada, pero en un sistema hiper real, tridimensional. Es imposible para ustedes diferenciar una vista grabada, de otra vista de la realidad. Miren.

Ami efectuó algún movimiento en el tablero. Al instante el panorama tras los cristales cambió. La noche se volvió día. El sol comenzaba a ocultarse en el mar cercano. Apareció un bosque. El sitio me resultaba conocido...

—Observa bien, Pedrito.

Pude ver a un hombre que se acercaba por entre el follaje.

—¡Es el cazador! —exclamé con sorpresa.

En mi viaje anterior habíamos estado en Aláska. Fuimos

con la finalidad de ser avistados por aquel cazador, según instrucciones de una "super computadora" ubicada en el centro de la galaxia, que se encarga de coordinar los movimientos de todas las naves de los mundos civilizados.

En aquella ocasión el hombre se asustó al ver nuestro "ovni", y nos apuntó con su arma. Ahora estaba ocurriendo lo mismo.

—Es una grabación. Todo lo que aparece tras nuestras ventanas va quedando grabado, luego podemos volver la imagen hacia cualquier momento y la veremos con la misma nitidez que la realidad.

Me parecía imposible que aquello fuese una grabación de video: los árboles estaban allí, *allí*. El hombre, el cielo; sin embargo, eso había ocurrido casi dos años atrás....

Cuando el hombre nos apuntó con su arma, al igual que la vez anterior, sentí el impulso de refugiarme, pero me refrené; en cambio Vinka corrió a esconderse tras un sillón. Ami y yo reímos.

—Es una grabación, Vinka. Observen —manipuló el tablero. Apareció nuevamente la playa de noche. Inmediatamente después estábamos de vuelta en Alaska. Esta vez el cazador no nos había visto aún. Venía bajando inocente por el sendero. Pronto nos descubriría y querría atacarnos.

—Ahora lo veremos en reversa. —El hombre caminaba hacia atrás...

—Ven a ver, Vinka. Esto es muy cómico.

Ella vino a observar a nuestro amigo jugando con la imagen del cazador.

—¿Cómo se puede saber cuándo una imagen es real y cuándo grabación? —pregunté.

—Los seres vivos emiten fuerzas que yo percibo con el sentido del que les hablaba; las grabaciones, no.

Volvimos a la playa, pero esta vez no era todavía de noche...

—Observa, Pedrito —me recomendó Ami. Cuando lo hice, casi me voy de espaldas: ¡allí estaba yo mismo! Salía del vehículo de Víctor. Mi felicidad era clara, pero lo más sorprendente fue que en un momento me miré yo mismo. Quiero decir que miré hacia el "ovni"; sin embargo, yo no lo vi...

—Sí lo viste, pero con el sentido que estás desarrollando. Para ese poder interno, la invisibilidad de nuestras naves no funciona...

Ami hizo aparecer nuevamente la galaxia danzante.

—Si nosotros tenemos pequeños poderes, imaginen los que tendrá ese ser maravilloso que estamos observando...

Vinka pareció confundida.

—Una galaxia no es un ser.

—¿Qué es, entonces? —preguntó Ami, con una sonrisa.

—Es una cosa, un conjunto de estrellas, pero no tiene vida.

—¡No tiene vida! —repitió, como quien ha escuchado una barbaridad—. Si una célula de tu hígado pudiera salir y verte, según sus medidas de tiempo, en una fracción de segundo, diría que tú eres una masa inerte, algo extraño, sin membrana celular, sin núcleo. ¿Comprendes?

—Creo que sí. ¿Entonces...?

—Entonces la galaxia es un gran ser del que somos partes microscópicas, un ser infinitamente más consciente e inteligente que nosotros.

Aquello me pareció absurdo.

—¡¿Inteligente?!

—La misma sorpresa demostraría una célula de la uña de tu dedo meñique si otra célula le dijera que tú eres inteligente. Tú, esa masa muerta, que sólo vive para dar origen a "la máxima creación del universo": la célula de la uña del dedo meñique de la mano derecha de Pedrito.

Creo que no comprendí la explicación, pero la risa de Ami era contagiosa. El comenzó a mostrar a Vinka algunas escenas de nuestro viaje por Ofir. Cuando apareció el lugar donde la gente proyectaba su imaginación sobre unas pantallas, ella manifestó su admiración.

—¡Ustedes tienen un nivel científico y unos conocimientos impresionantes!

—Comparados con los de vuestros mundos, puede ser, pero nos interesa más nuestro nivel espiritual. Eso es lo esencial. El resto es sólo un medio; no un fin. Utilizamos la ciencia para brindar mayor satisfacción a las personas, pero no olvidamos que la máxima felicidad se obtiene de lo espiritual. Alguien podría ser el dueño de todo un mundo, dominar grandes conquistas tecnológicas, pero si en su cabeza hay ignorancia acerca de las cosas del espíritu, y en su corazón no hay amor, su vida será más miserable que la de un pordiosero.

—¿Por qué?

—Porque el amor es la fuente de la felicidad.

—Tienes razón, Ami —dijo Vinka, mirándome fugazmente. Luego bajó la vista con cierto rubor. Ami captó la situación y soltó la risa.

—No se trata sólo de romance; se trata de vivir en amor, de amar la vida, la naturaleza, el aire que se respira. Amar al creador por brindarnos la oportunidad hermosa de existir, amar a todas las personas, a todas las manifestaciones de la vida.

Cuando Ami hablaba, yo sentía que tenía toda la razón. Sus palabras encendían en mí los sentimientos que expresaban.

—Cuando se posee el don de amar, la felicidad está siempre presente, aunque sean pocos nuestros bienes materiales. Si buscáramos sólo amor, obtendríamos, por añadidura, todo lo demás; pero si buscamos sólo bienes materiales, tal vez los obtengamos, pero no conseguiremos a la vez felicidad, porque la felicidad es el fruto del amor.

Vinka pareció haber comprendido.

—La felicidad se compra con amor.

Ami, con alegría en la mirada, dijo:

—Tienes razón. La felicidad se gana a fuerza de amar.

—¿Y el amor? ¿Con qué se compra el amor? —pregunté.

—Buena pregunta. ¿Sabes la respuesta, Vinka? ¿Sabes cómo se obtiene amor? ¿Sabes cuál es el precio del amor?

—Creo que no debe ser algo material.

—Claro que no. El oro no se compra con lata. Vamos a conocer a una persona interesante. Habita en tu mundo, en Kía. Esa persona puede responder cómo se obtiene amor.

—¡Vivaaaa! —manifesté mi entusiasmo. No tanto por el cómo obtener amor, sino porque iba a conocer un mundo incivilizado... Pensando en eso, una duda pasó por mi mente.

—Ami, ¿cómo voy a saber si lo que veré es realidad o grabación? Tal vez todo lo que vi en Ofir fue grabación...

—Siempre tan lleno de confianza y fe —se burló.

Sentí vergüenza.

—Es que...

—Aprende a tener fe, Pedrito. Lo que viste en Ofir fue la realidad, también lo que verás pronto. Deberías confiar en mí. Yo no suelo mentir.

—¿Jamás? —Vinka se había interesado en ese punto.

Ami buscó la mejor manera de explicar algo complejo.

—Bueno, a veces no conviene mostrar demasiada luz a quien está acostumbrado a la oscuridad... Podría encandilarse, enceguecer. Otras veces, no es beneficioso mostrar oscuridades muy grandes a quien vive acostumbrado a la luz... Podría morir de espanto.

Le dijimos que no comprendíamos bien.

—Exceso de oscuridad o luz impide ver. A veces conviene hablar a los niños de la cigüeña...

—¿Qué es la cigüeña? —preguntó Vinka.

—La que trae los bebés desde Lutis, según la tradición de Kía.

—Ah, pero eso es una tonter...

—...Más adelante hablaremos de una semillita en la barriguita. Sólo cuando el niño es algo mayor podemos explicarle claramente.

Quise aprovechar la oportunidad para aclarar algunas dudas.

—Mejor me lo explicas ahora mismo. Tengo un verdadero lío al respecto.

Vinka se entusiasmó.

—¡Yo también!

Ami se rió de nosotros hasta las lágrimas, con lo cual nos contagió.

—Todo a su tiempo —dijo, al fin, nuestro amigo—. Todo a su hora y a su edad. Para comprender álgebra hay que saber sumar y restar.

—Nosotros sabemos sumar y restar —manifestó Vinka, algo ofendida.

Ami se divertía más.

—No me refiero a ***esas*** sumas y restas. —Miró hacia arriba, como buscando un ejemplo—. Veámoslo de esta forma entonces: para comprender la teoría de la espiralidad de las repercusiones multidimensionales de los acontecimientos, es necesario antes comprender la teoría de la relatividad... ¿Cómo se encuentran en ese tema? —preguntó, observándonos muy interesado.

Con Vinka nos miramos. Nuestras caras parecían un gran signo de interrogación. Nos pusimos los tres a reír.

5

El Defecto Principal

En el viaje anterior, Ami dijo que su nave no "viaja" por el espacio, ni siquiera a una velocidad "tan lenta" como la de la luz. Me explicó que esas naves simplemente "se sitúan", es decir, aparecen muy rápidamente donde quieren, mediante un complicado sistema que tiene que ver con la "contracción y curvatura del espacio-tiempo". Cuando estábamos "situándonos", las estrellas parecían alargarse, luego se veía una movediza neblina tras los vidrios. Eso justamente estaba ocurriendo ahora que íbamos a Kía. Mientras tanto, yo pensaba en lo que Ami había dicho acerca de no mostrar demasiada luz a quienes no están acostumbrados a ella.

—Eso lo pude comprender —dije, sabiendo que él percibía mis pensamientos—, pero lo otro no, lo de no mostrar oscuridad a quien está acostumbrado a la luz.

Vinka intervino, causándome gran sorpresa:

—Podría morir de espanto.

—¿Tú, tú comprendes el sentido de eso?

—No.

—¿Entonces...?

—Simplemente recordé las palabras de Ami. El lo dijo. ¿Qué quisiste decir con eso, Ami?

—Que si una persona no conoce ciertas miserias de la vida, es mejor no mostrarlas de pronto, sino gradualmente. La vista de un cadáver, por ejemplo.

—Bueno, eso no es tan terrible —dijo Vinka, mostrando valentía.

—¿Y descompuesto...?

—¡Qué horror!... Ahora comprendo.

—Y también se refiere a oscuridades interiores...

A veces Ami era enervante.

—Deja ya el misterio y explica bien, por favor.

—Bueno, muchas personas tienen una magnífica opinión de sí mismas. No son capaces de verse ciertos defectos. A veces son graves, pero siempre ocurre que los defectos propios que no nos vemos son justamente los que más condenamos en los demás. Si de pronto nos muestran ese defecto ignorado, podemos morir de la impresión... ¿Conocen la historia del enano deforme que era feliz creyéndose muy hermoso?

—No.

—El no se había mirado jamás en un espejo. La primera vez que lo hizo comenzó su tragedia... ¿Comprenden?

Esta vez dijimos que sí.

—El ego, esa parte fea de nosotros, que nos aleja del amor, tiene un pilar de apoyo, una raíz que le da firmeza.

—¿Cuál es esa raíz?

—Nuestro defecto principal. Todos tenemos un defecto que es el principal, pero, igual que las raíces de un árbol, está escondido. No es fácil para nosotros mismos verlo. Es más fácil que los demás lo descubran, pero si nos lo muestran de repente, nos puede ocurrir como al enano que se creía hermoso. Si de pronto nuestro pobrecito ego se queda sin apoyo, sin raíz, sencillamente podemos morir...

Aquello no concordaba con mis opiniones.

—Yo pensé que si nos quedáramos sin ego seríamos felices: puro amor...

—Sí, pero no se puede sacar de pronto el salvavidas a quien no sabe nadar...

—Ya estás con tus misterios otra vez. ¿Qué quieres decir?

—Que en ciertos niveles de vida el ego es un protector, una especie de salvavidas, pero si queremos subir a niveles más altos, no podemos ingresar allí con ese pesado "salvavidas", con ese ego; debemos aprender a nadar. Siempre llega un momento en el cual hay que elegir: o una cosa o la otra...

—¿Qué significa en este caso "aprender a nadar"?

—Significa ir sabiendo cómo arreglárselas en la vida, de acuerdo a las leyes universales. Si vivieran en amor, no necesitarían nada más, pero ustedes ni siquiera saben cómo se obtiene. Por eso vamos a Kía.

Le pregunté si él conocía mi defecto principal.

—Por supuesto —respondió riendo—. Es más feo que una mambacha.

—¿Una qué?

—Mambacha... Cierto especimen bastante feo de un mundo prehistórico.

Vinka dudó bastante antes de preguntar:

—¿Y yo también tengo un defecto bestial?

—Principal —corrigió Ami, entre sonrisas—. Por supuesto. Si no tuvieras uno tan feo como una chachaca —este es otro bicho de aquel mundo—, no estarías en misión en Kía...

—¿Yo? ¿En misión? ¿Qué misión, Ami?

—¿Cuál es mi defecto principal, Ami? —pregunté, al mismo tiempo.

El niño de las estrellas soltó la risita suave, como carcajaditas de bebé.

—Vamos por parte. No puedo responder dos preguntas a la vez. Primero, lo del defecto; luego, lo de las misiones que cada uno de ustedes realiza en su respectivo planeta...

—¿Misión? ¿Yo? ¿Cuál misión, Ami?

—Ahora son tres las preguntas —reía—. No puedo decirles sus defectos principales, porque no están preparados para soportar esa fea e inesperada verdad; no puedo dejarlos sin "salvavidas"; sin embargo, debo ir poco a poco mostrándoles defectos secundarios, derivados del principal. Este trabajo es muy delicado y doloroso para los tres. Hace poco te mostré algo feo de ti mismo, ¿verdad, Pedrito?

—Ah, "la calumnia" —dije molesto, recordando las acusaciones de Ami. Este volvió a reír.

—Siempre la reacción de autoprotección es la misma: "calumnia", "maldad", "ofensa", "acusación", pero el golpe ya está dado. La conciencia ha visto. Se ha producido una trizadura en una rama del ego. Poco a poco un defecto secundario terminará por ser superado. Una vez que lo hemos visto y aceptado, ya podemos luchar contra él..., aunque a veces demora un poquito esa aceptación —dijo, mirándome—. Así vamos acercándonos al defecto principal, pero al mismo tiempo vamos enseñando a "nadar".

—Y ahora, lo de la misión —dijo impaciente Vinka.

No comprendí mucho de lo que Ami decía acerca de mis defectos y de mi ego, pero intuí que continuaba ofendiéndome. No me gustó aquello.

—Lo que dije se aplica a todas las personas, y no única y exclusivamente a Pedrito. —Había captado mi pensamiento y le hizo gracia.

Vinka no se daba por vencida.

—Y ahora, lo de la misión... ¿Qué misión tenemos, Ami?

—Escribiste el libro, como te solicité, ¿verdad?

—Sí —respondimos Vinka y yo.

—¿Qué? ¿Tú también? —dijimos, al mismo tiempo.

—Ambos escribieron un libro que relata sus respectivos encuentros conmigo —informó Ami, divertido con nuestra sorpresa.

Miré con curiosidad a Vinka.

—¿Cómo se titula el tuyo?

—"Ami, el niño de las estrellas" —respondió.

—¡Esto es plagio! —exclamé muy molesto. Ami, como de costumbre, se moría de la risa.

—¿Por qué es plagio? —La mirada de Vinka parecía inocente.

—Porque ese es el título de **mi** libro, del que **yo** escribí.

—¡Qué bonita coincidencia! ¿De qué trata el tuyo?

—Bueno, de mi encuentro con Ami. De mi abuelita...

—El mío también relata mi encuentro con Ami, pero yo no tengo ninguna abuelita. Yo fui a Devashtán, un mundo civilizado. Visité Rukna, Filus, y un mundo color...

—¡Silencio! —ordenó Ami al escuchar un agudo sonido proveniente del tablero. Una luz roja centelleaba.

—Alarma roja. ¡Magnífico!

Vinka se asustó.

—¿Cómo puede ser magnífico que suene una alarma? ¿Qué significa?

—Que se aproxima un movimiento sísmico. ¡Qué gran oportunidad!

—¿Un terremoto? —pregunté con gran inquietud.

—Sí. En la Tierra, pero lo rebajaremos a temblor. Vamos. Quiero que vean eso. Volveremos a la Tierra, veremos los trabajos de protección y luego iremos a Kía.

—¿Quiere decir que ustedes pueden evitar los terremotos? —pregunté con curiosidad imponente.

—Sólo algunos; sólo a veces. Ya verás. Muchas naves de la Confraternidad están dedicadas a este tipo de trabajos de protección.

—¿Cuál Confraternidad?

—La Confraternidad de los Mundos Civilizados —respondió Ami, operando el tablero de comando.

Me rasqué la cabeza.

—Esto se complica. —Vinka estuvo de acuerdo.

—Es natural. Este segundo viaje es otro curso para ustedes, más avanzado, pero, vamos por parte. Estábamos en lo de sus misiones. Deben saber que ustedes no son originarios de sus planetas de nacimiento. Tú, Vinka, no eres de Kía, y tú, Pedrito, no eres terrícola. —Al decir eso se acomodó mejor para divertirse a costa de nuestras caras.

—Eso no es posible —protestó Vinka—. Yo nací en Kía. Tengo mi certificado de nacimiento. Mi tía Clorka dijo que me cambiaba los pañales...

—Yo nací en la Tierra. Mi abuelita...

Ami nos interrumpió muy sonriente.

—Es verdad. Nacieron en esos mundos, pero no son originarios de ellos...

—Eso no se comprende —opiné—. Si alguien nace en un lugar, es originario de allí...

—No necesariamente. Ustedes nacieron en mundos incivilizados, pero sus almas provienen de mundos de la Confraternidad. Ustedes sólo cumplen una misión en esos planetas incivilizados...

6

La Misión

Una vez repuestos de nuestra sorpresa, Ami se dispuso a explicarnos muchas cosas.

—Pronto en vuestros planetas ocurrirán cosas bastante desagradables...

—¿Como qué cosas, Ami?

—Muchos cambios geológicos, meteorológicos, biológicos, cataclismos, plagas. Aparte de nuevas enfermedades que millones contraerán, pero que no afectarán a quienes mantengan cierta pureza interior...

—¿Debido a qué pasará todo eso? —preguntó Vinka, con ojos muy abiertos.

—Debido a dos factores. Primero, a que la ciencia ha sido utilizada en forma destructiva hacia la naturaleza. Eso está produciendo desequilibrios muy graves. También las radiaciones mentales negativas que emiten los seres humanos se acumulan peligrosamente en una capa de energías psíquicas que rodea vuestros mundos. Todo eso está afectando mucho a esos dos seres vivientes que son la Tierra y Kía. El segundo factor no tiene que ver con la participación humana. Se trata del desarrollo evolutivo natural de vuestros planetas.

El interés de Vinka se fue diluyendo.

—¿Y de qué mundo civilizado provengo yo, Ami?

—Vamos por parte. Estoy respondiendo tu primera pregunta. Ese proceso, que debiera ser natural, ha sido acelerado prematuramente por las malas acciones, sentimientos y pensamientos humanos. Los cambios, que debieran ser suaves, serán violentos, destructivos, a menos que la gente comience a vivir de acuerdo a la armonía universal. Todavía se puede hacer mucho por disminuir las pérdidas de vidas, o la pérdida total...

—¿El fin del mundo?

—O el comienzo. Depende de ustedes mismos. Si no logran superar esta prueba final, si no cambian, será el fin, se autodestruirán; pero si se unen y comienzan a vivir como Dios manda, entonces será el comienzo de un verdadero paraíso.

—A ustedes nos les costaría nada ayudarnos para evitar la destrucción... —Dijo Vinka en tono de reproche. Ami, alegre, como siempre, respondió:

—Ya les expliqué por qué no podemos intervenir en forma masiva y abierta: lo impide una ley universal que debemos respetar. ¿Les gustaría que un alumno más avanzado diese por ustedes los exámenes en el colegio?

Aquello me entusiasmó.

—¡Sería fantástico! Yo no tendría que estudiar nada. Sacaría buenas notas y...

—Eso sería trampa. —El gesto de Vinka fue reprensivo. Ami no tomó aquello muy en serio.

—Además si lograras pasar al curso siguiente, no comprenderías nada. Serías un estorbo para tus compañeros y para todo el colegio... Por otro lado, perderías el orgullo legítimo de haber logrado subir de nivel gracias a tu propio esfuerzo.

—Tienes razón, Ami —dije, con vergüenza.

Vinka también había comprendido.

—Es verdad. Sería feo que ustedes hicieran todo por nosotros.

—Y también sería feo que no hiciéramos nada. No se puede dejar a un niño correr hacia un precipicio sin ayudarle para evitar que caiga. Tal vez no se nos permita sujetarlo, pero podemos advertirle que va por mal camino. Es ésa justamente la misión que ustedes desempeñan.

—No comprendo muy bien... —dije.

—Yo sí —manifestó Vinka.

—Entonces, explícamelo, por favor.

—Encarnamos en mundos incivilizados para ayudar a evitar que se destruyan.

—¡Perfecto! —exclamó Ami—. ¿Cómo lo supiste, Vinka?

—No sé...

—Es el sentido del que les hablé. Hay cosas que se presienten. Bastan dos o tres datos y lo demás queda claro.

Vinka volvió a la carga.

—Entonces, ¿de qué mundo provengo yo?

—Eso importa muy poco. De nada sirve volver al pasado; lo maravilloso está en el presente.

—Pero me gustaría mucho visitar mi planeta de origen, mi verdadero hogar...

—Cuando el amor nos revela el sentido de la existencia, todo el universo es nuestro hogar, y todos los seres son nuestros hermanos —dijo Ami—. Ustedes forman parte de una misión de paz que está llegando a vuestros planetas para servir de apoyo y enlace en la tarea de transformar, de civilizar, de humanizar vuestros mundos; de hacer que dejen de ser lugares de guerra, competencia, injusticia y división, para que se transformen en lugares de paz, de confraternidad, de alegría y de amor, como el resto del universo civilizado.

Una sombra opacó la mirada de Vinka.

—Cuando recuerdo los terri, me parece que en Kía eso será imposible.

—¿Quiénes son los terri? —pregunté.

—En el mundo de Vinka —explicó Ami— existen dos especies humanas. Una es la de los swama. A ésa pertenece ella. La otra es la de los terri. Estos últimos están divididos en dos bandos en guerra permanente: los terri wacos, contra los terri zumbos. Los terri son unos seres humanos bastante belicosos...

—¡No son humanos! —protestó Vinka, visiblemente alterada— ¡Son simios! ¡Son monos intelectuales!

—¿Monos intelectuales? —No comprendí—. ¿Cómo puede un mono ser intelectual?

—Tienen mucha inteligencia, astucia, pero no tienen bondad. Son criminales, mentirosos, cínicos, deshonestos, inmorales, materialistas y tiranos. —Vinka estaba muy enojada. Al escucharla, Ami soltó la risa y dijo:

—¡Qué andanada de flores! Pero haces mal expresándote así de tus hermanos. Deberías comprender, en lugar de juzgar. No todos los terri son como dices. Algunos tienen más de setecientas "medidas".

Ami se refería al nivel de evolución. El disponía de un aparato con pantalla, capaz de ver el grado de luz espiritual de cualquier persona o animal. Le decía "sensómetro". Dijo que bastaba con tener setecientas "medidas" para ser rescatable por los extraterrestres en el caso de producirse un desastre irremediable. A las setecientas "medidas" una persona ya es lo suficientemente buena como para merecer vivir en un mundo civilizado.

Aquella vez no quiso decirme cuántas "medidas" tenía yo, porque si mi evolución era baja —dijo—, me podría desmoralizar, y si era alta, podría envanecerme, y si una persona se pone vanidosa el ego le crece y sus "medidas" bajan.

No me interesó mucho el asunto de los terri. Quise saber más acerca de mis "medidas". Intenté sacarle algún dato al respecto.

—Entonces Vinka y yo debemos tener una cantidad fabulosa de "medidas"...

—¿Por qué, Pedrito?

—Porque provenimos de mundos civilizados...

—Ya te dije que muchas personas de tu mundo tienen más "medidas" que yo. La diferencia es que ellas no saben lo que yo sé; no fueron educadas en ambientes favorables ni con la información adecuada, pero sus almas tienen, en muchos casos, niveles muy altos, y no provienen necesariamente de mundos civilizados. Los misioneros, como ustedes, durante sus vidas anteriores cometieron algunos errores, algunas faltas en contra del amor. Como estos errores se deben pagar con servicio, se les dio a elegir el tipo de labor que deberían prestar para limpiarse. Ustedes eligieron libremente realizar la tarea que ejecutan.

—¿Qué falta cometí yo? —preguntamos al mismo tiempo.

—Eso ya no importa. Jamás se debe volver sobre los errores del pasado, ya sean propios o ajenos. Si ustedes se dedican con esfuerzo a cumplir con el compromiso que contrajeron, quedarán limpios y brillantes. Luego podrán retornar a un mundo fraternal y bueno, cuando hayan terminado con la misión consistente en ayudar a civilizar vuestros mundos para evitar que desaparezcan.

—En mi planeta no hay terris —dije—, pero también me parece una labor casi imposible. ¿Cómo podremos nosotros hacer algo?

—No será tan imposible como parece. En primer lugar, los acontecimientos que se avecinan les ayudarán, porque muchos comprenderán que no pueden continuar así. En segundo lugar, las personas que anhelan un gran cambio positivo constituyen la inmensa mayoría. Sólo necesitan orientación. En tercer lugar, y justamente para eso último, están los misioneros, como ustedes... Son miles y miles.

—¡Miles y miles!

—Una verdadera "invasión extraterrestre", pero con fines de paz. Están en todas partes, en todos los trabajos, en todas las empresas; cerca de la prensa, en radio, televisión, cargos públicos... En todo lugar hay al menos uno.

—¡Es increíble! —exclamamos, porque nosotros no conocíamos ninguno—. ¿Cómo se les puede reconocer?

—Por sus obras. Siempre la gente se reconoce por sus obras. Los misioneros siempre están en lugares en donde prestan servicio.

—¿Existe alguna forma de reconocerlos físicamente?

—Ninguna. Sólo por sus frutos, por sus obras habla cada cual.

—¿No va contra esa ley que prohibe intervenir en los mundos incivilizados el que tantos seres provenientes de mundos superiores estén ayudando? —pregunté.

—Hay una medida permisible. Por otro lado, ustedes no recuerdan la información que antes tenían, al menos no conscientemente.

Pensando en todo eso, me parecía imposible que yo hubiese venido de un mundo mejor que la Tierra.

—Ami, tú dices que yo provengo de un mundo civilizado, pero reconozco que tengo muchos defectos; en cambio la gente que vi en Ofir era muy superior a mí...

—Bueno, es que tienes un defecto feo como una mambacha —rió—. Además, el medio ambiente incivilizado te ha ido deformando más todavía, pero con servicio desinteresado vas a recobrar y superar tu anterior nivel. Poco a poco te irás alejando de tu lobo interior.

—¿Qué es un lobo? —preguntó Vinka.

—Un animal parecido a un chug, pero con pelos, en lugar de plumas —respondió Ami.

Idiotamente se me ocurrió preguntar:

—¿Qué es un chug?

—Un animal parecido al lobo, pero con plumas, en lugar de pelos —respondió Ami, riendo a carcajadas.

7

El Comandante

Tras las ventanas apareció mi planeta azul con sus nubes blancas, sus mares, selvas y desiertos.

La Tierra se agrandaba rápidamente. Nos fuimos sumiendo en la parte oscura, en donde era de noche.

Se vieron manchas luminosas. Eran ciudades, pero “al revés”; las ciudades “arriba” y las estrellas “abajo”; sin embargo, dentro de la nave yo sentía que el verdadero “abajo” era el piso del vehículo.

—Tenemos gravedad artificial —explicó Ami—. Ahora vamos a ver cómo se las arreglan nuestros amigos para evitar un gran terremoto.

Avanzamos sobre el mar iluminado por la Luna, mejor digo, “bajo” el mar, porque todavía estábamos al revés.

Divisé las luces de una ciudad costera más allá.

—Este es el punto —dijo Ami, observando una pantalla lateral—. Ingresaremos.

Todo se oscureció tras los vidrios.

—Vamos hacia el fondo. Observen por esa pantalla para que vean mejor.

Como en el viaje anterior, la pantalla frente a nosotros mostraba con claridad todo cuanto había alrededor, a pesar de la oscuridad reinante.

Ami enderezó la nave. Me pareció que estábamos volando

por sobre tierra. Allá abajo se veían montañas y valles muy áridos. Cuando vi que de trecho en trecho nos cruzábamos con las "aves" del lugar, es decir, con peces, ballenas, cardúmenes de sardinas, recordé que estábamos bajo las aguas del mar; sin embargo, todo se veía transparente, como en el aire.

—Esto es muy hermoso, Ami —dijo Vinka.

—Hermoso es todo, a cada instante... para el que sabe ver.

Al fondo, a lo lejos, apareció un objeto alargado, como un puro en posición horizontal. Se agrandaba rápidamente. Muy pronto comprendí que se trataba de una imponente nave espacial sumergida bajo las aguas, suspendida cerca del fondo. Era algo impresionante. Parecía una ciudad gigantesca. Cuando estuvimos cerca se me hizo imposible ver sus límites. Se fueron haciendo borrosos, de lo lejanos que estaban. Miles y miles de iluminadas ventanitas indicaban que tenía decenas de pisos o niveles.

—¡¿Qué es eso, mi Dios?! —exclamó Vinka, con maravillados ojos.

—Es una nave nodriza. La más importante de las que participan en la tarea de ayuda a la Tierra. Por alguna extraña excepción descendió. Normalmente se mantiene en el espacio. Es una especie de "portaaviones", sólo que en lugar de aeroplanos, transporta naves espaciales. También puede albergar a varios millones de seres humanos. Debe mantenerse siempre cerca... Nunca se sabe cuándo será necesario rescatar a mucha gente. Allí viaja el Comandante de todo el plan de ayuda a la Tierra. El habita permanentemente en esta nave. Veremos por qué está aquí.

Ami operó el tablero. Apareció un rostro de hombre en la pantalla. Comprendí al momento que aquel ser no era terrestre, porque su apariencia recordaba las imágenes de los grandes Maestros de la humanidad. Su serenidad interior se transparentaba en rasgos mucho más hermosos que los habituales en los terrícolas. Esa tranquila felicidad, esa armonía, esa dulzura y paz. Ni siquiera en Ofir pude ver un rostro como aquél; sin embargo, parecía un verdadero terrestre en cuanto a las formas de sus facciones, excepto la mirada: los ojos extraordinariamente grandes y llenos de bondad. Sentí de inmediato simpatía por aquel ser.

—Les presento a nuestro hermano Comandante.

El hombre de la pantalla nos saludó en un idioma extraño, pero en el audífono recibí la traducción:

—Bienvenidos a nuestra nave, Vinka y Pedro. Yo soy el encargado de supervisar todo el plan de ayuda al planeta Tierra.

—M-mucho gusto —dijimos con gran timidez.

Una tenue sonrisa iluminó su rostro cuando expresó:

—Les espero con cariño en mi morada. —Su imagen se esfumó.

Miré por los vidrios. Nos acercábamos a una abertura bajo la gigantesca nave. Ingresamos verticalmente. Aparecimos en un recinto no muy grande y perfectamente seco. Otras naves, pequeñas como la de Ami, se encontraban allí estacionadas. Mientras nos posábamos sobre el piso, pude ver que una compuerta cerró la abertura por la cual ingresamos.

Ami se puso de pie.

—Vamos a descender.

—¿Eso quiere decir que vamos a salir al exterior?

—Por supuesto. Vamos a conocer al Comandante.

Yo hubiera querido hacer un millón de preguntas, pero no tuve tiempo, porque Ami nos llevó a la salida. Al abrirse la puerta, había esta vez una escalera. Mientras descendíamos vi que nuestra nave se encontraba apoyada sobre tres patas. Aquella era la primera vez que "aterrizaba" conmigo a bordo. Antes, siempre estuvo suspendida en el aire.

Caminamos hacia una puerta. Cuando llegamos a ella, se abrió. Apareció un brillante y largo pasillo. El techo, muy alto, era cóncavo. Tenía luz propia, iluminaba con un suave color crema. El piso, de un material suave y mullido semejante a la goma, también iluminaba, con un hermoso color azul claro. Las paredes parecían de algún tipo de metal suave y opaco. Varias puertas de gran tamaño completaban el panorama. Algunas de ellas tenían letreros luminosos con una escritura que me era desconocida.

—Es el idioma de la Confraternidad —explicó Ami.

—Yo pensé que cada mundo tendría el suyo propio.

—Y lo tiene, pero utilizamos también un lenguaje común para comprendernos entre todos, especialmente en forma escrita. Es un idioma artificial. Todos debemos estudiarlo desde niños. Nos es más fácil escribirlo que hablarlo.

—¿Por qué?

—Porque no todas las variedades humanas tienen la misma forma de la lengua, garganta y cuerdas vocales. Para algunos es más fácil emitir ciertos sonidos, para otros resulta dificultoso. Es como los chinos: les cuesta pronunciar la letra R.

—¿Quiénes son los chinos? —preguntó Vinka.

—Un pueblo de mi mundo. Tienen los ojos así. —Me los estiré para explicarle.

—¡Qué bonitos! —opinó. Los tres reímos.

Llegamos al final del pasillo. Frente a nosotros había una puerta bastante ancha. Se abrió, era un ascensor. Entramos. Busqué un tablero de botones, pero no lo había. Ami simplemente dijo "Comandante", y la puerta se cerró. Percibimos un suave movimiento, subíamos, pero de pronto avanzábamos horizontalmente. Más que ascensor, aquello era un vehículo que podía transitar en varios sentidos.

—Esta nave emite una radiación que mata los gérmenes que se encuentran en el aire o en cualquier superficie; por eso no hay peligro de que vuestros microbios puedan afectar a los miembros de la tripulación. Además, todos ellos serán..., por decirlo de algún modo, "desinfectados", antes de que ingresen a cualquier mundo de la Confraternidad.

Se abrió la puerta, pero no aquélla por la cual habíamos entrado; sino otra, a nuestras espaldas. Apareció un salón hermoso como un sueño. Estaba decorado con plantas naturales de varios tipos y colores. No sé por qué, pero jamás hubiera imaginado plantas en una nave espacial...

Una serie de ocultas fuentes de luz, de diversas tonalidades, producían una atmósfera más bien amarillo-dorada. Varios compartimientos del salón estaban separados por cristales. Vi una fuente con una caída de agua. Imitaba una cantarina cascada bajando entre piedras, musgos y algas naturales. Allí retozaban algunos peces y otros animalitos, por mí desconocidos.

Vinka no pudo ocultar su emoción.

—¡Esto es precioso!

—Las almas evolucionadas necesitan rodearse de belleza —explicó Ami—, y nada puede ser más bello que lo natural.

Nos condujo al interior. A la izquierda, tras un corto pasillo, estaba de pie, esperándonos, el hombre que habíamos saludado por la pantalla: el Comandante. Tras él, vi un enorme ventanal. Daba hacia un arroyo que corría suavemente por entre piedras y vegetación. Al fondo, un sol azul se escondía tras unos cerros... No supe si aquello era un paisaje artificial, fabricado en un gran recinto de la nave, o si se trataba de otra cosa. Más tarde, Ami nos explicó que el Comandante gusta recordar los paisajes de su mundo de origen, por ello sintoniza vistas de la naturaleza que dejó atrás. Pero aquel gran ventanal, en definitiva, era una pantalla...

Vestía de blanco. Utilizaba un traje parecido al de Ami, pero más holgado, dejando el cuello y parte del pecho al descubierto. Su estatura impresionaba: no debe haber medido menos de un metro noventa y cinco. Parecía irradiar un resplandor, parecía brillar...

Ami nos hizo acercar a él. Yo iba lleno de respeto, de temor casi, de vergüenza, inclusive... Es que me sabía, gracias a Ami, lleno de imperfecciones; en cambio aquel ser estaba rodeado por un halo de tal pureza, que por comparación, yo quedaba al nivel de un cerdo..., al menos así me sentí.

Habló con voz suave y tranquilizante:

—El comparar a veces nos ayuda, otras nos perjudica.

Al igual que Ami, captaba los pensamientos..., para colmo...

Vinka había caído en una especie de trance ante la presencia del Comandante. Avanzó hacia él, tomó su mano, la besó e intentó ponerse de rodillas.

—No lo hagas —dijo él, levantándola del brazo—. Yo soy, como tú, un servidor, hermano tuyo y de los que aman a Dios. Sólo ante El puede el humano postrarse.

Impresionada por aquel ser, Vinka tenía lágrimas en los ojos.

—Siempre hay alguien más arriba y más abajo que nosotros. Al de arriba debemos escuchar su consejo. Al de abajo debemos guiar. Yo cumplo las instrucciones de mi hermano mayor.

—"Arriba" y "abajo" significa, en este caso, el nivel evolutivo —explicó Ami.

El Comandante se dirigió a un mueble muy moderno de líneas aerodinámicas. Parecía un "escritorio cósmico". Sentado tras él comenzó a decir:

—He descendido a este planeta con la sola finalidad de establecer este contacto.

En aquel momento no capté la trascendencia de lo que decía; no pude concebir la grandeza del hecho: el Comandante de una operación gigantesca, llevada a cabo por seres extraterrestres, descendiendo a la Tierra en su nave del tamaño de una ciudad, con miles, o tal vez millones de tripulantes a bordo, solamente para comunicarse con dos niños...

Ami intervino:

—Ustedes llevarán su mensaje a vuestros mundos. Lo que va a decirles sirve tanto para la Tierra como para Kía, porque el Comandante está comunicado con nuestro hermano que dirige el plan de ayuda a Kía. Ambos mundos están en situación semejante. Presten atención.

El Comandante tomó la palabra:

—Como se les ha informado, ustedes están insertos dentro del gigantesco Plan Cósmico Evolutivo para vuestros mundos. En este Plan participamos una gran cantidad de servidores. Algunos, encarnados en esos mundos participan en forma, por el momento, inconsciente; otros lo hacen conscientemente. Hermanos de planetas superiores a los vuestros también trabajan en esta misión de ayuda y, por último, otros hermanos que ya no están sujetos a las limitaciones de un cuerpo densamente material colaboran estrechamente en el Plan. Todos lo hacemos a tiempo completo, hasta el último aliento de vida en el cuerpo que ocupamos, hasta que el Intimo nos llame a servirle en otros planos. De esta labor desinteresada no esperamos otra recompensa que la de cumplir con el dictado de nuestra conciencia. Sólo nos mueve el amor.

Deben saber que se aproximan cambios muy importantes y profundos. Nosotros estamos haciendo cuanto podemos para evitar el impacto negativo de esos acontecimientos, el resto deberán hacerlo ustedes mismos.

Deben comprender que lo que rige el fluir de la vida en el universo es el Espíritu de la Fuerza Creadora, el cual es todo amor. Si no se rigen por el amor, están actuando en contra del sentido natural del universo, por lo tanto, no pueden tener armonía en vuestras vidas personales ni en vuestras relaciones sociales o internacionales.

El desconocimiento de la Ley de Dios por parte de las inmensas mayorías, es la causa, la raíz de la dolorosa situación por la que atraviesan, y que puede llevarles a la destrucción total.

Estamos inspirando a muchas personas en todos los países. Nosotros enviamos mensajes con enseñanzas e instrucciones, pero no podemos evitar que algunos de ellos sean distorsionados por las creencias particulares de quienes los reciben. Esto produce confusión y desaliento, pero día a día todo irá siendo cada vez más claro. También estamos inspirando obras literarias, musicales, películas y otras manifestaciones culturales. Haremos cuanto sea posible para que sean muy difundidas, porque son una semilla de amor para las conciencias, y también una preparación para el "gran encuentro".

Ami intervino para explicar a qué se refería:

—No siempre estarán separados de vuestros hermanos del universo. Cuando dejen de vivir divididos, en injusticia y violencia, ignorando al Rector del universo, el Amor, ingresarán a la Confraternidad.

"Algo como para el año cinco mil quinientos", pensé al recordar a la gente de las calles de mi mundo. El Comandante, por supuesto, me "escuchó".

—Si no fuera a ocurrir algo diferente, el proceso podría tardar milenios, o nunca realizarse; pero se avecinan fenómenos que no podrán ser explicados por ninguna teoría. En esos momentos deberán recordar nuestras palabras, expresadas también por Maestros de la historia y actuales. *Deberán comprender que lo único que puede salvarles de la destrucción inminente es el reconocer la universalidad del amor, y regirse por él en todos los dominios de vuestras vidas. Si no lo hacen, no merecerán ni podrán sobrevivir.* Rescataremos a quienes sí lo hayan hecho. El "trigo" será separado de la "cizaña".

El Plan en el que nos encontramos sirviendo es un Plan Divino, decretado por los designios del Creador, desde la eternidad. Nosotros somos sus ejecutores.

Se puso de pie.

—Eso es todo, queridos niños. Ahora les dejo en manos del Capitán que dirige el trabajo que estamos efectuando para evitar grandes pérdidas de vidas en este punto del planeta.

En ese momento ingresó el hombre de quien se hablaba. Vestido como nuestro pequeño amigo, no tan alto como el Comandante, nos dijo:

—Voy a mostrarles cómo vamos a disminuir los efectos de un sismo que se aproxima. Síganme, por favor —nos guió con cariño y gran suavidad.

—Vayan con Dios —expresó el Comandante, mientras ponía sus grandes manos sobre nuestros hombros—, y recuerden que ustedes están protegidos. Nunca teman. Nosotros les salvaremos de todos los peligros, pero no abusen de esa protección cometiendo violaciones a lo natural y prudente. En esos casos no podremos hacer nada. No olviden estampar mi mensaje en vuestros libros. Si pudiéramos, lo proclamaríamos desde los altavoces de nuestras naves, nos introduciríamos en vuestras emisiones radiales y televisivas, nos haríamos plenamente visibles; pero no nos está permitido hacerlo. Sólo podemos enviar nuestra palabra fraterna mediante canales que pueden ser comprobados únicamente por el sentir interno, justamente lo que deben desarrollar para evolucionar y salvarse. Esa es otra poderosa razón que nos impide mostrarnos abierta y masivamente... Mediten en ello.

Nos dejó en la puerta del ascensor. Lo último que nos dijo fue:

—Mi amado hermano mayor me encarga transmitirles su gran amor por todos los que sufren y padecen. Quiere que sepan que no ha descansado un solo día desde la aparición del hombre, y que no lo hará hasta que vivan en paz y felicidad, pero tampoco vosotros debéis descansar, porque todos sois sus manos y bocas. Hasta pronto, amigos.

8

La Caverna

Después de bajar del ascensor y recorrer otro pasillo, se abrió una puerta y apareció la inmensa nave del Capitán. Tenía varias corridas de ventanas. Pude ver algunas figuras humanas tras los vidrios. Se encontraba posada sobre tres enormes patas. La entrada estaba bajo el cuerpo del "platillo volador". Caminamos por debajo del tremendo artefacto. Vinka y yo mirábamos impresionados hacia lo alto. Llegamos a una escalera. El primero en poner el pie en ella fue el Capitán. Cuando lo hizo, la escalera se puso en movimiento, como las eléctricas. Una vez que todos estuvimos en ella, la velocidad aumentó bastante, pero antes de llegar al interior del "ovni", fue frenando suavemente.

A bordo de su nave, el Capitán nos informó:

—Desde aquí se dirigen los trabajos de protección geológica. Otras naves, con otros Capitanes, tienen misiones distintas.

Ingresamos a un salón en donde encontramos a varias personas de diversos tipos humanos. Nos sonrieron, pero nadie dijo nada. Me llamó la atención que se hablase tan poco. Ami lo captó. Cuando estuvimos en un ascensor, dijo:

—El intelecto es como un loro parloteador que desconoce un instante de silencio. Siempre está impulsándonos a hablar, aunque rara vez decimos algo que valga la pena. Estas personas perciben mejor la realidad; no utilizan tanto el intelecto, sino otras funciones superiores de la mente. Además, nosotros hemos desarrollado la telepatía.

—Sin embargo, tú no eres como ellos —dije.

—¿A qué te refieres?

—A que tú hablas bastante, igual que nosotros. Además ríes mucho; ellos son más serenos...

En lugar de sentirse disminuido por esa observación, rió más que nunca, provocando una sonrisa en el Capitán. Luego nos dijo:

—En primer lugar, debo ponerme a vuestra altura. ¿Quién de entre ustedes dos conversa telepáticamente...? En segundo lugar, ya les dije que mi nivel evolutivo es muy parecido al vuestro. En tercer lugar, yo provengo de un mundo en el cual las almas gustamos del juego. Somos especies de duendecillos traviesos, aunque jamás hacemos daño, al contrario.

—Entonces, ¿por qué eres tú quien nos enseña? ¿Por qué no es alguien más evolucionado? —preguntó Vinka, en tono desencantado.

Otra vez Ami estaba riendo. El Capitán miraba unos manuales y no nos prestaba demasiada atención, aunque me pareció percibir una sonrisa muy leve en sus labios.

—¿Alguien como el hermano mayor del Comandante, por ejemplo? —Ami se divertía con Vinka, pero ella, con brillo en la mirada, dijo:

—¿Por qué no?

Esta vez el Capitán dejó de lado sus papeles y observó a la niña con una franca sonrisa, con algo de sorpresa. Ami soltó otra de sus risotaditas. Cuando pudo hablar dijo:

—Para merecer instrucción de alguien así, es necesario tener el nivel interior del Comandante...

—Comprendo —dijo Vinka—. Entonces, ¿por qué no podría ser nuestro guía alguien como el maravilloso Comandante?

Ami disfrutaba del diálogo. Con una sonrisa en los labios preguntó:

—¿Se sintieron cómodos ante su presencia? ¿Sintieron la confianza necesaria para manifestarle sus inquietudes, como lo hacen conmigo? ¿Comprendieron bien sus palabras, o mejor me comprenden a mí?

Vinka adoptó un aire de suficiencia.

—Yo lo comprendí muy bien. A su lado me sentí como en otro mundo...

—¿Qué dijo? —La mirada de Ami mostró picardía.

—Bien, que debemos ser buenos... para irnos al Cielo...

Riendo me preguntó:

—¿Fue eso lo que dijo?

—Sí, y también que viene el fin del mundo, pero si somos buenos, él nos va a rescatar...

El Capitán dejó definitivamente de lado sus papeles y con ternura nos acarició la cabeza mientras Ami nos explicaba:

—¿Ven? Eso es lo que ocurre: captaron la milésima parte de sus palabras; por eso, cuando la energía es muy alta, se necesitan "transformadores". Si se conecta un televisor directamente a la línea de alta tensión, se funde, no está hecho para esa energía, necesita un transformador que disminuya la electricidad a un nivel soportable para el receptor. El nivel del Comandante es muy elevado para ustedes. El habla, pero no le comprenden bien; en cambio yo puedo explicarles las mismas cosas de forma tal que me puedan entender. Ustedes deben ahora escribir otro libro, que relate todas las cosas que está viviendo, pero no recuerdan bien lo que el Comandante les dijo; por eso, cuando estén escribiendo, yo y otros estaremos comunicados con ustedes en forma telepática para activarles el recuerdo.

—Esta es la sala de comandos —dijo el Capitán, al abrirse las puertas del ascensor.

Ingresamos a un inmenso recinto en el cual trabajaba mucha gente de mundos diferentes, a juzgar por sus apariencias. El lugar estaba lleno de pantallas, aparatos, instrumentos con tableros de luces. Algunas personas nos echaron un vistazo, pero no les resultamos extraños. Al parecer, estaban acostumbradas a recibir visitas de todo tipo de mundos, civilizados o no.

A una orden del Capitán, la nave vibró, se elevó unos metros, trasladándose suavemente hacia un costado, luego descendió por una abertura del piso, ingresando a las aguas.

Nos alejamos unos kilómetros de la nave nodriza. Más adelante vi algo espantoso: una grieta negra asomaba su boca en el fondo del mar. Poco después estuvimos...¡internándonos en ella! Tendría el tamaño de una montaña, de lado a lado. Avanzamos por entre siniestras salientes de roca negra, descendiendo cada vez más hacia las entrañas de la Tierra. Más abajo, la inmensa grieta se transformó en un túnel perfectamente redondo, casi pulido en sus paredes. Era tan ancho, que la nave pasaba holgadamente. Me pareció una obra de ingeniería.

—Así es, Pedrito. Este túnel lo hicieron nuestros ingenieros. Es una ruta hacia donde hay un peligroso choque de placas continentales.

—Placas ¿qué? —preguntó Vinka.

—Continentales. Los continentes están montados sobre verdaderas "balsas" de roca. Esas son las placas continentales. Se mueven muy lentamente, en direcciones opuestas a veces, se empujan las unas a las otras como aquí. Dentro de poco la fuerza acumulada será tal, que una placa se romperá en algún punto, se quebrará la roca. Eso producirá una vibración que en la superficie causará un terremoto, pero vamos a disminuir los efectos.

Me pareció terrorífico estar en el epicentro, más que eso: en el corazón mismo de un terremoto, en las entrañas de la Tierra, ¡rodeado de roca por varios kilómetros!

Ami no pudo evitar sonreír ante mis temores.

—Esta nave soporta cosas que no imaginas...

Luego de avanzar largo rato por el túnel, éste se ensanchó. Apareció ante mis ojos un espectáculo fabuloso e inesperado: nos encontrábamos en una bóveda, gruta o caverna de proporciones gigantescas, incalculables. Unas cincuenta naves espaciales muy iluminadas estaban allí, suspendidas en las aguas de la monumental caverna submarina.

—En el punto de choque de las placas continentales vamos a irradiar la roca con una energía que la transformará en polvo. Esto liberará la tensión en forma suave. Se producirá un movimiento sísmico en la superficie, pero no será de gran magnitud —explicó el Capitán.

Pasamos por entre esas naves, todas menores en tamaño que la nuestra, hasta situarnos en un lugar especial de la bóveda submarina y subterránea.

A la indicación de un operario con cabeza de huevo (no es falta de respeto, pero aquel hombre tenía la piel muy blanca, la cabeza ovalada, puntuda en la parte superior, y carecía absolutamente de cabello), el Capitán hizo un gesto que debió ser una orden. En ese instante se dirigieron hacia lo alto unos rayos luminosos de color verde. Provenían de cada una de las naves. Al ocurrir aquello sentimos una fuerte vibración en el piso.

—Miren por esas pantallas —indicó Ami, señalando un panel con gran cantidad de ellas. Muchas personas las vigilaban.

Se veían coloridas vistas de pueblos, ciudades, lugares despoblados. Incluso el interior de algunas casas. Sus moradores aparecían durmiendo.

—En estas casas habitan personas que participan en el Plan. Debemos protegerlas.

—¿Saben ellas que participan en el Plan?

—Si lo supieran, estarían al aire libre. Les hubiéramos advertido del peligro, pero todavía no saben que participan en esto, o que lo harán en el futuro. Ya se aproxima el movimiento. Observen sin temor.

Los rayos verdes se transformaron en amarillos, luego en un blanco deslumbrante. En esos instantes se sintió un ruido atronador, como el producido por el choque de millones de rocas subterráneas. Por las pantallas pude ver los efectos del temblor: los postes tambaleaban, algunas personas salían a las calles, los árboles cimbraban sus ramas. Al mismo tiempo, una montaña de piedrecillas comenzó a caer sobre nuestras naves.

Vinka, llena de temor se aferró a mí. También yo estaba muy asustado, pero Ami nos tranquilizó:

—No se preocupen. Nada nos ocurrirá. Miren, ya pasó el temblor.

El movimiento y el ruido habían cesado, pero a través de las ventanas no se podía ver nada: estábamos sepultados en polvo de roca...

—¿Cómo saldremos de aquí? —preguntó Vinka, todavía asustada. El Capitán, cerca de nosotros, escuchó a la niña de Kía.

—Avanzaremos a través del polvo que nos rodea. —Se acercó a ella y puso la mano sobre su rosado cabello.— No tengas temor, jamás tengas temor. Nosotros estamos para proteger a la gente buena, como ustedes. Quiero felicitarles. Ambos están cumpliendo muy bien con vuestras misiones de difundir información a nivel masivo. Ahora deben continuar esa labor escribiendo todo lo que están viendo. Más adelante les daremos nuevos trabajos. Lo que hacen está encaminado a hacer conciencia acerca de la Ley universal de amor, de nuestra existencia y de nuestro apoyo. Tengan fe, confianza y fuerza, porque cada día irán siendo más y más numerosos nuestros amigos en vuestros mundos. Las puertas del conocimiento salvador han sido abiertas para que muchos puedan recibir la información que les permitirá sobreponerse a los duros momentos que se avecinan y también contribuir a sembrar los eternos valores del amor. Trabajen sin temor. Nosotros les estamos guiando, protegiendo y apoyando en todo momento.

Cuando el Capitán terminó de hablar, no supe cómo, pero habíamos salido de la caverna y del túnel. Avanzábamos por la grieta hacia el fondo del mar, ya que nos encontrábamos más abajo que el fondo.

—Según los tableros —dijo Ami—, todavía queda mucha energía acumulada. Mañana se deberá repetir la operación. En ocasiones se debe trabajar durante meses provocando pequeños sismos para liberar poco a poco la energía que, si se liberara en un sólo terremoto natural, produciría una catástrofe espantosa. Muchas veces no podemos evitar un sismo de gran magnitud, por eso, primero desencadenamos muchos pequeños temblores, y luego calculamos todo para que el movimiento inevitable se produzca en días de reposo, cuando no hay grandes aglomeraciones humanas en el centro de las ciudades que nos interesa proteger.

Apareció la nave gigante. Ingresamos a ella.

Nos despedimos muy afectuosamente del Capitán, luego, Ami nos guió hacia su vehículo espacial.

Abandonamos la inmensa nave nodriza.

—Emergeremos frente a un barco y seremos visibles. Es un testimonio. Es necesario que alguien allí nos vea —informó Ami.

9

Camino a Kía

Nuestra nave se iluminó completamente por el lado exterior. Unos quinientos metros más allá se divisaban las luces de un barco carguero.

Ami indicó una pantalla.

—Observen las caras de los tripulantes.

En el puente de mando, los marineros parecían estar contemplando un espectro. Uno de ellos tomó un fusil.

Me pareció percibir una sombra de tristeza en la mirada de Ami.

—Así es el humano de los mundos inferiores: lleno de agresión y violencia. Piensa que todo el universo es un lugar como la Tierra. No es capaz de comprender que si en su mundo la vida es dura, ello no se debe a que todo el universo sea así; sino a que la Tierra y sus ocupantes se encuentran en un nivel poco avanzado. Pero, en fin. Cada cual vive en el universo que es capaz de imaginar...

El marinero comenzó a dispararnos. Esta vez no sentimos temor, sino pena, tristeza por la actitud injustamente agresiva de aquel hombre hacia quienes sólo viven para servirle...

Como los balazos continuaban, de la tristeza pasé a la rabia.

—Ami, ¿nunca sientes ganas de lanzarle un rayo demoledor a bichos como ése y dejarlo seco?

Rió un poco antes de explicar.

—Bueno, ya saben que mi nivel no es el del Comandante. Puede que durante unos segundos pase por mi mente algo así... Resto de mi parte animal, pero inmediatamente recuerdo que los seres sin gran evolución son como niños. Uno es capaz de perdonar a una criatura que nos amenaza con un arma de juguete.

—No comprendo —dijo Vinka.

—Pero si está muy claro —manifesté.

—Pero no para mí. En el viaje anterior dijiste que las almas evolucionadas son como niños; ahora dices que las poco evolucionadas son como niños...

—Entre "niño" y "niño" hay una vuelta completa en la espiral evolutiva. ¿Comprendes?

—Ni media palabra.

—El hombre sabio habla poco; el hombre bruto habla poco, pero entre ambos hay todo un proceso evolutivo. ¿Comprenden?

—No.

—La palabra niño puede ser utilizada para referirse a un ser caprichoso, terco, impaciente, irritable, temeroso y capaz de cometer "travesuras" que dañan a los demás. En este caso, "niño" es aquel ser poco evolucionado. La misma palabra puede utilizarse para indicar a seres buenos, sensibles y bien intencionados. Luego de una larga evolución, las almas llegan a ser como esos niños.

—Ahora está claro —dijo Vinka.

—Vuestros libros están dedicados a los últimos. Las verdades espirituales sólo pueden ser captadas desde esa parte sanamente infantil. Quienes no la poseen, los "adultos", se guían por el intelecto, por lo que es aceptado por todos, por la costumbre, la moda o la teoría de moda, y si lo que se les entrega no corresponde a sus esquemas mentales, formados por lo transitorio, lo rechazan. Así pierden el fondo, la sustancia.

Luego de intercambiar una mirada de interrogación con Vinka, dije:

—¿De qué diablos está hablando?

—Más adelante comprenderán. Miren, ya nos vamos. ¡A Kía!

En los vidrios había aparecido la típica neblina blanca. Durante el viaje Ami fue a buscar un manual, o algo así, a un armario tras los sillones. Observé que dio un salto muy extraño, como en cámara lenta.

—¡¿Cómo hiciste eso?!

—¿Cómo hice qué? —preguntó, con aire de no comprender.

—Ese salto. Me pareció que flotabas, como lo hicimos una vez en la playa.

—Ah. Observa. —Cerró los ojos, concentrándose. Comenzó a elevarse por sobre su asiento, a flotar. Una vez en lo alto abrió los ojos y nos hizo un guiño. Cayó pesadamente sobre el sillón.

—Poderes y bromas no combinan —dijo, mientras se incorporaba.

—¿Cómo lo haces? —preguntó Vinka, encantada.

—Esto lo consigo..., cómo explicarlo..., simplemente queriendo lograrlo y sintiéndome capaz de realizarlo. Querer es una forma de amar, y el amor es el poder mayor del universo. Además, la fe mueve montañas, las montañas de poder que todos tenemos. Miren. —Se levantó del asiento. Fue hasta cerca de las ventanas. Nos miró, se dio un impulso, y comenzó a cruzar por el aire muy lentamente hasta llegar junto a nosotros.

Vinka estaba absolutamente maravillada.

—¡Es increíble! ¡Enséñame, por favor! —Tomó del brazo a nuestro amigo. Este reía.

—Pero si es muy fácil. Querer es poder...

Intentamos hacerlo, pero sólo conseguíamos saltar pesadamente. Aquello nos hizo reír bastante.

—Yo sé que pude lograrlo, en la playa, contigo; sin embargo, ahora me resulta imposible. ¿Por qué? —pregunté.

—Aquella noche íbamos tomados de la mano. Yo te transmití energía.

—¿Energía? ¿Cómo puede transmitirse energía de una persona a otra?

—Más adelante, en sus escuelas se estudiarán esas cosas, como se hace en los mundos civilizados, pero antes deben dejar de matarse como animalitos feroces. Por el momento lo más importante es conseguir la paz, y no hay ninguna forma de obtener la paz si antes no se consigue la justicia y la unión.

Mientras existan países pobres y países ricos, no habrá paz; mientras exista una sola frontera, no habrá paz; mientras existan diferencias religiosas, no habrá paz. Trabajar en busca de poderes, sin hacer nada por los que sufren, es como intentar construir un edificio sin haber antes puesto los cimientos. Después de que hayan solucionado eso, podrán hacer cosas como las que hace mi estimado amigo Kus.

—¿Quién es Kus? —preguntamos.

—Un divertido amigo. Puede realizar prodigios asombrosos...

—¿Como cuáles?

—Vamos a llamarlo para que lo conozcan.

—¿Por radio? ¿Por teléfono?

—No. Lo llamaremos mentalmente. Es más rápido... Vengan. Nos sentaremos en el piso formando un triángulo. Tú allá; tú aquí. Así. Ahora nos concentraremos en él. Cierren los ojos pensando en Kus. Digámosle que venga.

Así lo hicimos. Luego de unos momentos, Ami nos dijo que observáramos. Frente a nosotros flotaba una blanca neblina que se transformó en torbellino. Adquirió forma humana. Vinka quiso salir huyendo, pero las risas de Ami la calmaron.

—¿Alguien requiere de mi presencia? —dijo el ser que apareció de la nada. Era un hombre joven vestido de blanco. Yo quedé helado.

—Espero que tengas una poderosa razón para haberme hecho venir desde la Tierra hasta este anticuado cacharro —expresó el joven con una sonrisa, mirando a nuestro amigo.

—En realidad, no, Kus. Sólo quise enseñarles a estos niños cómo se hace para llamar a un amigo.

—Ah. Entonces ésa es una poderosa razón. Todo lo que se haga por enseñar a un niño es una razón poderosa.

Kus se expresaba como bromeando. Era muy simpático.

—Nuestros amiguitos tienen un millón de preguntas en sus cabecitas. Pues bien. Como saben, mi nombre es Kus. Participo a tiempo completo, "full time", en la tarea "desanimalizadora" de la Tierra. Puedo transitar por el universo sin necesidad de inútiles armatostes, como éste. Alguna vez, si se portan bien, ustedes serán como yo soy... Espero que mejor que yo, y no los castiguen yendo a prestar servicio a un plano tan bajo como un mundo incivilizado. ¡Ja, ja, ja! Si a ustedes, que vienen apenas de un mundito civilizado, pero de la tercera dimensión, se les hace difícil soportar el lugar donde habitan, imaginen cómo me sentiré yo, que vengo de la cuarta dimensión. Como un buzo con la cañería rota. ¡Ja, ja, ja!

—Todavía no les he hablado mucho de las dimensiones, querido amigo. No me los enredes más de lo que están —protestó bromeando Ami.

—Olvidas que ya lo sé, pequeño hermano, y como lo sé, he considerado que ya es buen momento para que se vayan habituando a saber que hay muchas moradas en estos universos...¿Quieren ver algo fantástico, pequeñines?

Apenas tuvimos valor para mover suavemente la cabeza, asintiendo.

—Entonces, ¡voilá! —dijo Kus, en francés, mientras hacía un "clap" con los dedos y desaparecía, dejando en el aire un humillo rosa maravillosamente perfumado.

Ami reía encantado.

—Este Kus es todo un caso. Si en mi planeta somos juguetones, él nos lleva mil años de ventaja. Me considera seriote y aburrido...

—Cien mil años de ventaja, socio —dijo el conejo de la suerte, sí, Bugs Bunny, sentado en el respaldo del sillón de comando, mientras movía rápidamente sus mejillas comiendo una zanahoria. Luego añadió:

—Y sí eres seriote y aburrido. "Eso es todo, chicos". Sayonara —dijo, desapareciendo luego de lanzar la zanahoria en medio de nosotros. Esta cayó flotando muy suavemente, transformada en una hermosa flor.

Los ojos de Vinka parecían disfrutar de un cuento de hadas hecho realidad. Bueno, es justamente lo que estaba ocurriendo...

—¿Cómo puede hacer todo eso?

—Simplemente lo imagina, pero con tal fuerza, que nos proyecta su imaginación.

—Esta flor no es imaginación —dije, aspirando su delicado aroma.

—Eso es una materialización. Quienes poseen la cuarta dimensión de conciencia pueden hacer cosas para ustedes increíbles, pero con práctica y fe, todo es posible...

—¿Dónde queda la cuarta dimensión? —preguntó Vinka.

—En todas partes. Aquí mismo, en tu habitación. En todas partes. No es un lugar, sino un nivel de conciencia. Quienes tienen ese nivel pueden hacerse visibles o invisibles, según lo prefieran. Pueden atravesar paredes, cambiar su aspecto, en fin. Están regidos por otras leyes.

—Entonces, ¿no los rige la Ley del Amor? —pregunté.

—¡Uf! ¡Qué barbaridad! —dijo Ami, aparentando alteración—. Nada en todo el universo escapa a la Ley del Amor. Nada superior a ella existe. Ninguna otra ley o fuerza, ni en este universo visible para nosotros, ni en los que no lo son. Ni en la tercera dimensión, ni en la cinco mil, porque la fuerza rectora de la creación entera es el Amor, es decir, Dios. Digo que están regidos por otras leyes, porque ya no les afecta, por ejemplo, la fuerza de gravedad, el tiempo ni el espacio. Ellos tienen otro nivel vibratorio, pero se dedican íntegramente a la "edificación del universo".

Aquello me pareció extraño.

—Yo creía que era Dios quien edificaba el universo...

—Sí, pero a través de nosotros, sus criaturas. El traza los planos. Nosotros los ejecutamos. Sería bastante aburrido que todo lo hiciera El... Estamos llegando a Kía.

10

El Maestro Solar

—Este planeta es la Tierra —dije, algo desilusionado, porque tras las ventanas apareció nuestro mundo. Al menos eso creí. Vinka me sacó del error:

—Es Kía. Allá está Lubinia. Es un desierto.

Fue justamente esa costa desértica la que me confundió. Pensé que se trataba de la costa norte de Africa, pero luego, al ver dos enormes islas ecuatoriales inexistentes en la Tierra, comprendí que estaba en otro mundo.

Después de mi viaje con Ami pude estudiar bastante geografía. Eso me permitió captar las diferencias, pero lo demás, el color del mar, las abundantes nubes blancas, las selvas y desiertos, parecían absolutamente terrestres.

—¡Qué desilusión! —dije, un poco en broma—. Yo esperaba encontrar un planeta con mares rojos o amarillos; con selvas azules o naranja, en fin...

—Mundos de evolución semejante son parecidos en casi todo. Las mismas leyes originan las mismas cosas —explicó Ami.

—Pero sólo parecidos, Pedrito —dijo Vinka—. Ya verás.

—El objetivo de nuestra visita a Kía es el de encontrar a una persona que puede decirles cómo se obtiene amor. La buscaremos en la pantalla... Hummm. Su código es éste. Aquí está. Vengan a ver.

Aparecía un hombre bastante mayor sentado en una rústica silla mecedora, bajo un alero curvo, en una casa de campo muy antigua y pobre. Se mecía plácidamente, mientras con una pipa en la boca, contemplaba el paisaje que se extendía frente a su vista: un hermoso valle tapizado de muchos matices de verde. La casa se encontraba en las laderas de unas colinas solitarias.

Algunas diferencias indicaban que aquello no era la Tierra. En primer lugar, el hombre tenía el cabello color rosado, aunque más bien cano ya. También su barba era del mismo color. Debido al abundante y desordenado cabello no pude ver sus orejas, pero supuse que serían puntudas. como las de Vinka. Vestía un manto color gris. Me recordó a los antiguos profetas. A su lado un "perro" dormitaba... Si es que se puede llamar así a un montón de lana con cuello de avestruz y cara de gato... Sobre una rama de un pequeño arbusto había una pareja de... No supe. Parecían lagartos parados en dos patas, con plumas de canario.

—Esto no es la Tierra —reconocí.

Por allí revoloteaban numerosos animales del tamaño de un aguilucho, con piel como de pez o reptil, alas grandes, redondeadas, cola como de manta raya y dos patas muy largas. Esos animales eran capaces de sumergirse en las aguas de una gran laguna cercana, caminar sobre tierra con las dos patas, y volar como aves. Algunos reposaban en las ramas de los árboles cercanos. Lo más impresionante era su rostro humanoide.

—Tienen bichos muy extraños por aquí...

Vinka se sorprendió.

—¿Extraños? ¿Y qué me dices de los de tu mundo?

—No me parece que ninguno lo sea...

—¡¿No?! ¿Y esos terroríficos "hombrecitos con alas"?

—¿Cuáles "hombrecitos con alas"? Allá, lo más parecido a seres humanos son los monos, pero no tienen alas. Los que vuelan tienen plumas.

—Pero los "hombrecitos con alas" tienen pelo, y no plumas...

—Entonces no vuelan. Ningún animal con pelos es capaz de volar...

—Pero esos demonios sí vuelan, con pelos y todo. ¡Son

horripilantes! ¡Sus rostros son de verdaderos monstruos espantosos!

—¿Estás segura de que te refieres a algún animal de la Tierra? Allá no hay nada como eso..., afortunadamente.

Ami se regocijaba calladito con nuestro diálogo.

—...Y por si fuera poco, se alimentan de sangre.

—¿De qué estás hablando, Vinka?

En esos momentos no fui capaz de recordar a ningún animal como el que ella estaba describiendo. Ami intervino:

—Se refiere a los vampiros.

—Y si todavía no basta, Ami dice que vuelan en la oscuridad absoluta, que tienen un radar, que pueden pasar por entre las aspas de un ventilador en movimiento, sin hacerse daño. ¿Eso no es extraño?

Encontré que Vinka tenía razón, pero yo jamás había pensado en ello.

Ami apagó la pantalla. Descendíamos lentamente hacia el planeta Kía.

—Lo increíble y maravilloso está siempre frente a nuestros ojos, pero estamos tan habituados, que no nos damos cuenta...Bien. Vamos a conversar con ese hombre. Tiene algo que enseñarles.

Vinka suspiró con esperanza.

—Debe ser un sabio...

—¿Sabio ese viejo montañés? ¡Qué va! Ha comprendido algunas cosas, otras no las tiene claras. Es un hombre común y corriente.

La desilusión modificó el rostro de la niña.

—Pienso que para que alguien pueda enseñarme, esa persona debería tener un nivel evolutivo muy superior al mío.

Ami sonrió.

—La típica arrogancia de los incivilizados. Bueno, veré si es posible que el Maestro del Comandante te admita como su discípula...

Vinka se sonrojó, pero intentó arreglar la situación:

—Fue una forma de expresarme...Como tú dijiste que él no tiene claras algunas cosas, pensé que no podría enseñarme bien...

—Vinka, Pedrito, el sistema universal de enseñanza está

diseñado de manera que sea gradual. Quien está en un escalón puede ayudar a subir al que se encuentra inmediatamente más abajo, y, a la vez, puede ser ayudado por el de inmediatamente más arriba. Hay quienes tienen bajo nivel, pero exigen un Maestro de las dimensiones del Comandante, o más todavía: pretenden a Dios en persona, y desprecian a quienes se encuentran uno o más escalones más arriba que ellos.

—Tienes razón, Ami, pero Vinka también tiene razón al pensar que un guía no muy superior ignora demasiadas cosas.

—Ignora las cosas del escalón de más arriba, pero eso no es asunto de quienes se encuentren más abajo que ese guía. A ellos debe bastarles con asimilar bien lo que el de más arribita les enseña. Si un alumno no sabe todavía sumar y restar, no debe importarle que su profesor no conozca las altas matemáticas.

Esta vez no quedó ninguna duda en nosotros.

—Este amigo sabe algo que ustedes ignoran: sabe cómo se obtiene amor. Aprendan primero eso. Luego, cuando tengan el nivel del Comandante, podrán tener un Maestro como el suyo.

—¿Quién es ese Maestro, Ami?

—Es el alma más evolucionada del sistema solar en el cual está la Tierra. Es uno de los seres solares de los que les hablé en el viaje anterior.

—Pero, ¿cómo se llama?

—Pedrito, hay que tener mucho cuidado con los nombres, porque confunden a muchos. Un Maestro puede ser muy venerado en una región, pero en otros lugares pueden venerar a otro. Eso produce conflictos religiosos, y lo que buscamos es la paz y la unidad, ¿verdad?

—Sí, pero alguno debe ser el verdadero...

—Todos son verdaderos.

—Bueno, de acuerdo, pero alguno debe ser el más grande...

—Todos los rayos de sol son luminosos; iluminan la oscuridad, y provienen de la misma fuente: el sol.

Comprendí la comparación, pero no quedé contento. Yo quería ganar, quería que Ami mencionara el nombre de mi Maestro, poniéndolo por sobre todos los demás, pero él me sacó del error.

—Ese gran Ser es el rector de la espiritualidad para tu mundo. De vez en cuando un hombre es iluminado por su sabiduría, entonces ese hombre se transforma en un gran Maestro, porque transmite las enseñanzas del Espíritu Solar. Así nace una religión. Pasan los milenios. La humanidad ha evolucionado un poco. Es el momento de entregar otra lección. Entonces, otro hombre es iluminado por el mismo Espíritu. Así aparece otro Maestro y otra religión, pero es el mismo Espíritu el que inspira todas las religiones. Pasa un milenio, otro milenio, y nuevamente un hombre es escogido para transmitir una lección, de acuerdo a la evolución y a la necesidad de la humanidad. Así nace otro Maestro y otra religión. Los hombres se confunden con los nombres. Llegan a tener guerras religiosas, sin comprender que con esa actitud hieren a ese gran Espíritu que es todo amor, y que por amor les envía Maestros a iluminarles el camino.

—No sabía eso, Ami. Entonces, ¿cómo se llama ese Espíritu?

—Nombres, nombres. Ese es el problema: los nombres, las etiquetas, pero en las cosas del espíritu no hay cédulas de identidad. Los límites y separaciones van desapareciendo. Son los hombres quienes dividen, parcelan, encasillan, ponen límites y fronteras, pero cuando hay amor en el corazón se comprende que todo el universo es una gran unidad...

—Pero algún nombre debe tener ese Maestro...

Ami no pudo contener la risa.

—Está bien, quieres un nombre, entonces le diremos el Maestro Solar.

—Ahora comprendo mejor. Entonces el Maestro Solar es quien inspira a todos los grandes Maestros.

—Así es, Pedrito. Mientras esto no quede bien claro, no se puede pensar en paz en la Tierra. La división por religiones es tanto o más peligrosa que la división por fronteras o ideas. Si no se tiene claro que el sentido de la religión es practicar el amor, no se saca nada compitiendo por religiones o nombres de Maestros. Todos ellos nos impulsaron a actuar con bondad, honestidad, paz. En fin. Con amor.

—¿Tiene forma humana el Maestro Solar?

—Sí, porque no es Dios, aunque actúa según la Voluntad de El. Más alto está el rector de la espiritualidad para toda la galaxia. Por sobre éste se encuentra el espíritu que rige todas las galaxias de este universo.

—¿Dios?

Ami simuló no haber escuchado.

—...Por sobre este último está el que rige la cuarta dimensión. Luego, el que dirige la quinta, y así sucesivamente.

—¿Y Dios?

Ami lo estaba situando cada vez más lejos.

—El está siempre en tu corazón. Como te gustan los nombres, puedes llamarle el Intimo. Ahora vamos a descender.

—¿A descender con la nave a Kía, o a bajar nosotros de la nave? —pregunté esperanzado, porque yo jamás había salido a caminar por otro mundo.

—Haremos ambas cosas.

—¡Viva!

—Este es un mundo "hermano" con el tuyo. Nuestros ingenieros genéticos se han encargado de que existan los mismos gérmenes en ambos planetas. No hay peligro para ti ni para Kía.

En pocos segundos llegamos cerca de la cabaña. Una luz del tablero indicaba que éramos invisibles desde el exterior.

Mirando por la ventana comprobé que los animales intuyeron nuestra presencia, porque el "perro" se puso a ladr..., emitió unos sonidos como aullidos, los "lagartos" se acurrucaron con temor, abrazándose mutuamente, y los animales voladores se sumergieron en la laguna.

El viejo levantó la pipa hacia nosotros, en forma de saludo, mientras sonreía.

—Es un antiguo amigo. El sabe que cuando vengo estaciono la nave en este punto de su cielo.

—¿Cómo sabe que llegamos? Estamos invisibles...

—Por la reacción de los animales. Lo he visitado varias veces.

—¿En que país estamos? —preguntó Vinka.

—En Utna.

—Entonces no voy a poder comunicarme con ese señor. Aquí no se habla mi idioma...

Ami sonrió guiñándome un ojo.

—¿No te parece que nuestra amiguita es una tonta?

No supe a qué se refería.

—Dice que no podrá comprender al viejo...

—Tiene razón: no hablan el mismo idioma.

Nos miró como si no creyera.

—Esto —dijo, apuntándose con el índice cerca de la sien.

Yo pensé que se refería a que estábamos locos. Como no reaccionamos, tuvo que venir hasta nosotros, sacarnos los audífonos traductores y luego ponerlos frente a nuestra vista diciendo "esto", en dos idiomas. Sólo entonces comprendimos. Estallamos en risas a causa de nuestra torpeza, pero Ami permaneció serio. Fingiendo enojo, dijo:

—Estos necrófagos tienen muy pesado el entendimiento...

—¿Qué significa necrófagos? —preguntamos.

—Comedores de cadáver.

Vinka se sintió ofendida.

—Yo no como cadáver...

—Comes carne de animales muertos, ¿verdad?

—Ah. Eso. Sí, pero...

—Entonces eres necrófaga. Vamos.

Nos llevó al pequeño recinto de salida. Una luz encandilante apareció. Descendimos por el aire hasta llegar al suelo de Kía, el mundo que, al igual que la Tierra, no vivía de acuerdo a la Ley universal del Amor, y, por lo tanto, no era civilizado.

Parte Segunda

11

Krato y los terri

Lo que primero me impactó fue un aroma desconocido: el perfume propio de Kía. Me resultó agradable. Caminé por el suelo de ese otro mundo como si se tratase de un lugar sagrado. No me es posible describir el júbilo que sentí al estar transitando la superficie de un planeta distinto.

Mientras nos acercábamos a la cabaña del viejo, éste nos miraba amistosamente, sin sorpresa. El "perro" vino hacia nosotros balanceando el largo cuello. Se veía inmenso. Me asusté un poco, pero Vinka se aproximó al animal y comenzó a acariciarle sus largas lanas. El cuadrúpedo extraterrestre frotaba su cabeza contra la niña, un poco al estilo de los gatos cuando son cariñosos. Me causó extrañeza la confianza de Vinka hacia aquel especimen. Pensé que tal vez esos bichos no eran agresivos.

—Te equivocas —dijo Ami—. Algunos son muy fieros, igual que los perros.

—¿Cómo supiste que no era agresivo, Vinka?

—Porque venía meneando la cabeza.

Estimé que, así como los perros manifiestan su alegría moviendo la cola, estos animales lo hacían balanceando el largo cuello.

—¿Cómo se llama este animal? —pregunté.

—Bugo. Es muy bonito —dijo Vinka.

—Trask, Trask, ven acá —llamó el viejo al extraño ser—. Deja de molestar a nuestras visitas.

—Dijiste que se llama Bugo, pero él le dice Trask. No comprendo.

Vinka me miró como a un débil mental.

—Este animal es un bugo, pero el nombre que le pusieron a este bugo, es Trask.

Tenía razón: yo era un idiota.

Poco a poco fueron apareciendo los animales "aeroanfibios", algunos se atrevieron a volar sobre nosotros. Uno de ellos vino a posarse en el hombro de Ami.

Vinka, fascinada, intentó acercarse al animal, pero éste alzó el vuelo.

—¡Es increíble! —dijo. Yo no comprendí a qué se refería—. Los garábolos son muy tímidos. Jamás se acercan a las personas, pero éste no siente miedo de Ami...

Cuando ella se alejó de nuestro amigo, el bicho retornó a posar sus largas patas sobre el hombro de Ami.

—Yo soy amigo de todos los animales —explicó, hablando en un nuevo idioma.

—Por eso viniste a visitarme, ¿no? —dijo Krato.

Todos reímos con la broma del viejo. Cuando llegamos a su lado, el garábolo huyó hacia el techo de la cabaña.

El anciano y Ami se abrazaron, felices de volver a encontrarse.

—Esta vez sí que vas a compartir conmigo el exquisito guiso que preparé. Tengo una olla repleta de garábolos "al diente". Los dejé toda la noche en salsa picante. ¡Mmmmmm! ¡Una delicia! Además, allá adentro nos espera toda una botella de jugo fermentado. Es bueno de vez en cuando alegrar el corazón. Vamos.

—Ni lo sueñes, viejo caníbal. Con razón esos pobres animalitos no se acercan a ustedes. Ellos saben que si los atrapan, van a terminar en el fondo de sus estómagos.

Sentí un poco de rabia contra el viejo. ¿Cómo era capaz de matar a esas simpáticas y cariñosas criaturas, para comérselas?

—Pero si son exquisitos, Ami —dijo..., no el anciano, sino... ¡Vinka! ¡Ella también se los comía! Por si fuera poco, agregó:

—Las patas, asadas, son la parte más sabrosa. También

me gusta mucho el consomé de alas...

La imagen de Vinka se me vino al suelo de un solo golpe. La miré como si fuera una especie de aborigen salvaje, comedora de inmundicias. ¿Cómo pude haberme sentido atraído por ella?

Enterado de mis pensamientos, mientras le ponia un audífono traductor en el oído al viejo, Ami dijo a Vinka:

—Muy mal hacen matando y comiendo esos animalitos. Nuestro amigo terrícola está muy molesto por eso.

Ella me miró con sorpresa. Luego intentó explicarme:

—Aquí todos comemos carne de garábolo. Es una costumbre que tenemos desde niños. Son muy apetitosos... Deberías probar...

—¡Jamás! —manifesté, de brazos cruzados mirando hacia otro lado.

—¡Bravo! ¡Así se habla! —dijo Ami—. El no es capaz de comer carne de garábolo. Eso sería maldad para él, por eso está muy desilusionado contigo. El come otro tipo de cosas. ¿Recuerdas esos animalitos de la Tierra, que te gustaron tanto, que quisiste traerte uno como mascota?

La mirada de la niña se iluminó.

—Oh, sí. ¡Qué tiernos eran! ¿Cómo se llamaban?

—Corderos. Ese es uno de los platos preferidos de tu amiguito...

Me miró como si yo fuese un criminal, un psicópata, un sádico, una bestia humana.

Intenté defenderme:

—P-pero un corderito asado...

Vinka estalló en lágrimas.

—¡Asado!... ¡Qué maldad! ¡Qué asco! ¡Qué desilusión!

Entre risas disimuladas, Ami fue a consolarla.

—¿Ven? Eso es lo que pasa cuando vemos los errores ajenos y no los nuestros. Ustedes tres hacen lo mismo. No es peor ni mejor comer carne de cordero o garábolo. Es lo mismo. Es un error que yo no cometo; sin embargo, no les condeno, porque les comprendo; en cambio ustedes se condenan mutuamente por la misma falta. Estos incivilizados... Vamos, dense la mano y... como buenos amigos.

Nos miramos con timidez y algo de vergüenza. Comprendimos la lección de Ami. Nos dimos la mano.

—Bien. Así se hace —dijo contento el anciano—. Ahora celebremos la reconciliación con una copa. Vamos.

—Estos montañeses no tienen modales —bromeó Ami—. La gente educada primero se presenta. Este es Pedro. Vive en otro mundo.

—Y con razón. ¡Jo, jo, jo! Con un nombre como ése, yo también me iría a esconder a otro mundo. ¡Jo, jo, jo!

No me gustó del todo su broma.

—Esta es Vinka.

El anciano la miró con cariño y opinó:

—También debe venir de otro mundo: no se dan niñas tan bonitas por Kía.

Aquello me gustó menos aun. Ella respondió el piropo con una sonrisa.

—Y éste es Krato, un campesino de Kía.

—¡Ja, ja, ja, ja! —me burlé de su nombre, pero lo hice para desquitarme. No resultó muy natural mi risa.

—¿De qué finge reír este niño, Ami?

—De tu nombre. En realidad, trata de vengarse, porque te burlaste del suyo.

—¡Vaya; qué susceptible! No te enojes, "Betro". Era sólo una broma, pero "Betro" es un nombre muy bonito...

Antes de que yo protestara por la forma como Krato deformaba mi nombre, Ami explicó:

—El no puede pronunciar bien los sonidos de tu nombre, Pedrito. Tú tampoco puedes pronunciar correctamente el suyo. Es una tontería ponerse a pelear por nombres y sonidos... Además, en el fondo, Krato significa piedra y...

—¡Piedra! ¡Ja, ja, ja! ¡Cómo puede alguien llamarse piedra...!

Esta vez mi risa fue sincera.

—...ustedes son algo tocayos...

—¿A qué te refieres, Ami? —pregunté.

—A que Pedro significa piedra. Tú también te llamas piedra.

Todos rieron..., excepto yo.

Comenzaron a conversar. Me retiré hacia un lado, preguntándome por qué todo me salía mal. Ami se aproximó.

—Lo que pasa, Pedrito, es que actúas un poco por debajo de tu verdadero nivel.

Lo miré como pidiendo una mejor explicación.

—Un pequeño niño ensucia toda su ropa y cara al comer, sin embargo, nadie le culpa por ello. El actúa según su nivel, pero si un adulto hace lo mismo, se le reprochará, porque no está actuando según su nivel.

—¿Y qué tiene eso que ver conmigo?

—Es que no actúas de acuerdo a ti mismo, por eso, cada vez que haces o piensas algo que está más bajo de lo que se espera de ti, recibes inmediatamente el correctivo: por eso sufres. Si actuaras tal como tú eres, desde la mejor parte tuya, tu vida sería siempre un paraíso.

Medité un buen rato en sus palabras. Comprendí que tenía razón. Decidí hacer un esfuerzo para ser otra persona...

—Basta con que seas tú mismo —dijo Ami—. De eso se trata. Vamos a conversar con mi viejo amigo.

Krato estaba en un huerto tras la cabaña, junto a Vinka. Le mostraba su pequeña plantación de hortalizas, sus árboles frutales y todo lo que constituía su mundo.

Una molestia pasó por mi mente al verles juntos, pero deseché aquello inmediatamente: yo debía ser mejor en actos y pensamientos.

—¡Bravo! Eso es todo un progreso —exclamó contento Ami.

—¿A qué te refieres?

—Estás progresando. Comienzas a vigilar tus pensamientos. Ya no estás tan dormido. Las personas, en general, jamás prestan atención a sus pensamientos. Aunque por sus mentes pasen todo tipo de malas ideas, como no se dan cuenta, tienen una magnífica opinión de sí mismas. Así no se puede progresar. Tú comienzas a observarte, con ello comienzas a conocerte mejor. Además, estás adquiriendo el poder de sacar de tu mente lo que no te conviene.

—Eh, ustedes. Vengan a ver el tamaño de estos muflos —nos llamaba el viejo, mostrando en sus manos unas brillantes botellas rojas hechas de un material que parecía plástico.

Vinka tomó una. Acercó su boca al gollete..., ¡y le dio un mordisco! Luego masticó deleitada el trozo de botella...

Ami se reía de mi confusión.

—No son botellas de plástico; sino frutas con forma de botella terrestre.

—Prueba. —Vinka me extendió una fruta. Yo miré hacia

Ami preguntándole si podía comer aquello.

—Sólo un pedazo —recomendó.

Mordí la fruta. Su textura recordaba la de la manzana. Me gustó de inmediato por su dulzura, aunque no se parecía a nada conocido.

—¿Cómo logra producir muflos tan grandes? —preguntó Vinka al viejo.

—Es fácil. Todas las noches le canto una canción al árbol. Eso le gusta mucho. Se pone contento, y quien está contento trabaja con amor.

—Todo lo que se hace con amor resulta bien y da buenos frutos —dijo Ami.

Miré con curiosidad al árbol. Supuse que tendría boca, ojos y oídos para comunicarse con Krato; sin embargo, aquél era un árbol normal, con sólo hojas, ramas, frutas y tronco.

Vinka reía diciendo:

—Qué locura..., cantarle a un árbol...

Pero Ami estaba de acuerdo. Dijo que Krato tenía razón.

—Los árboles y plantas son seres conscientes. Tienen una conciencia pequeñita, pero son muy sensibles al cariño, a las vibraciones de afecto. Se ponen tristes o contentos, sienten temor o confianza.

Krato animaba a Vinka:

—Come otro poco. Los muflos dan fuerza. Come para que te pongas fuerte, así. —El viejo simuló ponerse musculoso, con los brazos en jarra, los puños apretados y las mejillas hinchadas. Esto hizo mucha gracia a Vinka.

—No es así justamente como queremos vernos las señoritas de la ciudad...

Ami se divertía con las tonterías de Krato.

—No le hagas caso a este viejo montañés. De modas no sabe nada.

Mientras Krato bromeaba, Ami pareció concentrarse intensamente. Luego dijo:

—Creo que se acercan los terri...

—Entonces corran a esconderse al cachivache invisible —recomendó alarmado el hombre de Kía.

Ami continuó concentrado. Después advirtió:

—No hay tiempo. Ya están aquí. Corramos a la cabaña. —Nos impulsó a seguirle.

Aquello me asustó bastante, pero Vinka estaba más alterada todavía. Se aferró a mí con fuerza.

Escuchamos el ruido de un motor. Se acercaba. Krato fue a sentarse a su mecedora, simulando gran tranquilidad.

Ami encontró una rendija por la que miró hacia el exterior. Nos invitó a observar, mientras con el índice en la boca ordenó guardar silencio.

Pude ver el vehículo que se aproximaba. Parecía una caja negra de metal muy pulido, con ruedas y muchas rejas alrededor. Tenía vidrios tras las rejas, pero también negros. Resultaba imposible mirar hacia el interior.

El sombrío carruaje emitía tanto ruido y humo, que todos los animales del lugar corrieron a esconderse. Pensé que todavía no inventaban el silenciador. Aquello venía a escape libre.

Ami susurró:

—Sí lo conocen, pero les gusta causar temor.

Cuando la caja negra llegó cerca de la cabaña, cuatro seres bajaron de ella. El sólo verlos causaba pánico. Se trataba de una especie de gorilas bastante gigantescos, corpulentos y peludos. Llevaban cascos llenos de puntas, hombreras con puntas, zapatos con puntas, muñequeras con puntas y rodilleras con puntas. Utilizaban corazas metálicas en lugar de ropa. Todos portaban largos objetos en las manos: armas, con toda seguridad. Sus rostros no semejaban a los de los simios, sino a los humanos. Verdes pelos cubrían todas las partes visibles de sus cuerpos, excepto el rostro. Allí tenían la piel rosada.

—¡Vamos, viejo zángano. Muéstranos tus documentos!

Krato, sin mirarles, extrajo mecánicamente una tarjeta de entre los pliegues de su manto. La extendió.

Uno de los terri tomó bruscamente el documento y lo examinó.

—¿Has visto pasar wacos por aquí?

—He visto terris, pero no sé distinguir entre un terri waco y un terri zumbo. Para mí son iguales: terris —respondió con gran calma, observando el paisaje.

—¡Insolente! ¿No sabes distinguir entre un ser humano y una bestia?

—Eso sí. Los seres humanos aman y construyen; las bestias odian y destruyen.

La respuesta del viejo no gustó al armado y peludo ser.

—¿Qué hacemos, jefe? ¿Lo molemos a palos?

—Déjalo. Es un swama soñador y muerto de hambre..., como todos. ¡Ja, ja, ja!

Todo iba bien, hasta que el jefe ordenó:

—Anda a echar un vistazo a la cabaña.

Sentí como un golpe al estómago, Vinka se me aferró con más fuerzas, pero Ami, con ambas manos extendidas hacia nosotros y una sonrisa, nos instaba a mantener la calma.

Krato procuró desviarlos.

—No encontrarán nada que les interese. Ni armas, ni zumbos..., perdón. Los zumbos son ustedes. Es que los confundo. Quiero decir, ni armas ni wacos...

—Si no te callas de una vez, te llevaremos a los trabajos forzados. Nos hacen falta más wacos y swamas para nuestras fábricas de armamentos.

El terri ingresó a la cabaña, inspeccionó por todos lados, paso la vista por cada rincón..., excepto por donde nosotros estábamos. Resultaba imposible no descubrirnos, sin embargo, no lo hizo.

—No hay nada, jefe.

—Bien. Vámonos. Ya sabes, viejo inútil. Si ves un waco por aquí, avísanos. Te daremos buenos regalos.

Volvieron al vehículo y se alejaron estridentemente.

12

Hasta la vuelta, Kía

Ami, con una sonrisa de oreja a oreja, nos dijo:

—Antes de que me digan nada, les explicaré: hipnosis a distancia.

Mi pregunta fue tonta:

—¿Con los terri también funciona?

—Con ellos es más fácil. Mientras más bajo es el nivel de conciencia de una persona, más hipnotizable es, ya sea a distancia o por sugestión. Por eso, la publicidad comercial obtiene grandes resultados con ese tipo de gente. Mientras mayor es el nivel evolutivo, la conciencia está más despierta.

Krato ingresó a la choza riendo. Vinka le preguntó por qué no había sentido temor de que los terri nos descubriesen.

—Conozco las tretas de nuestro amiguito.

Luego contó cómo cierta vez Ami protegió a cuatro wacos o zumbos fugitivos —no recordaba bien a qué bando pertenecían— de una patrulla que los buscó por todos lados, sin verlos, aunque estaban a la vista.

—Yo no hubiera protegido a un terri —dijo Vinka—. Mientras más rápido se eliminen entre ellos, mejor para la paz de Kía.

—Terris y swamas son hermanos —intervino Ami—. El deber de los swamas es guiar y proteger a los terri.

Krato alzó los brazos hacia el cielo, como quien acaba de

escuchar una insensatez.

—¡Guiar y proteger a los terri! Parece que no te das cuenta. Ellos nos tienen dominados. Poseen armas; nosotros somos pacíficos. Piensan que somos unos estúpidos débiles porque no buscamos el poder o el dinero. Ellos son materialistas. Nos consideran una raza inferior. Es imposible que algún día podamos nosotros guiarlos a ellos. Lo único que les interesa es batallar: los terri wacos contra los terri zumbos. Por esa lucha nos tienen en la miseria. Todos los recursos del planeta se van en financiar armamentos. Alguna vez los utilizarán y Kía reventará.

—Si ustedes no hacen nada, así será —dijo Ami.

—Pero, ¿qué podemos hacer?

—Enseñarles. Hablarles de la paz, de la unión y del amor.

Krato, escéptico, se burló.

—Propónle eso a un terri... Te llevará directo al manicomio. Para ellos el amor significa sexo, sus propias familias como máximo. Contra el resto sacan las garras y muestran los dientes, aunque se trate de otro terri.

Vinka opinó que Krato tenía razón.

Ami, riendo dijo:

—Ustedes están más a-terri-zados que los mismos terri.

—Somos realistas.

Nuevamente Ami rió.

—¿Realistas? Los terri a punto de hacer reventar vuestro mundo, ustedes cruzados de brazos y les parece que son realistas. No hacen nada por su futuro y se creen realistas...

—Es que jamás nos escucharán...

—Sí los escucharán. Muy pronto los terri harán descalabros tan terri-bles, que comenzarán a escuchar, *pero si ustedes no están allí, entonces no sabrán qué hacer, excepto destruirse y destruirlos a ustedes.*

—Pero la Confraternidad cósmica nos salvará en sus naves... —opinó Vinka.

—Sólo se salvarán quienes no trabajan por su salvación, sino por la de su mundo —dijo Ami.

—Yo no entiendo mucho acerca de las cosas del mundo —manifestó Krato, saliendo de la cabaña—. Yo sólo comprendo acerca de la felicidad.

Ami nos tomó por los hombros llevándonos al exterior.

—Eso es también importante. El amor hacia uno mismo

nos impulsa a buscar nuestra felicidad, mientras que el amor hacia los demás nos lleva a servir, a trabajar por la dicha ajena. Ambas fuerzas deben estar en equilibrio.

Krato quedó pensativo. Se rascó la cabeza.

—Parece que yo no he pensado mucho en los demás. Encerrado en estas montañas... ¿Qué crees tú, Ami?

—No se trata de pensar, sino de hacer. En todo caso, tú ya has hecho mucho por los demás..., aunque sin proponértelo.

—¿Yo? ¡Jo, jo, jo! No imagino cómo.

—Eso que un día escribiste. Un pergamino que me dejaste leer hace algún tiempo. Justamente por eso hemos venido. Allí tú indicas cómo se obtiene amor. Vinka y Pedrito desconocen la receta. Ellos escriben libros que serán leídos por muchas personas. Más adelante reproducirán tu manuscrito en sus obras. Así, mucha gente será ayudada por ti.

Krato parecía no creer en lo que Ami decía. Pensaba que todo era una broma.

—Pero..., yo no creo que sea tan importante lo que escribí. Eso lo sabe todo el mundo...

Vinka lo sacó de su error.

—Si allí dice cómo se obtiene amor, entonces te equivocas. Eso no lo sabe todo el mundo: yo no lo sé.

—Tampoco yo —dije, con muchas ganas de leer la receta de Krato.

—¡Pero si es tan fácil! —El viejo no podía convencerse acerca de la importancia de su conocimiento.

—Fácil para ti, pero no para la mayoría. Vuelve allá adentro y trae el pergamino. Quiero que estos niños lo conozcan.

—Está bien, está bien, pero no recuerdo dónde lo dejé. Tal vez se lo comieron los chumi-chumi... ¡Jo, jo, jo! —Ingresó a la cabaña. Ami le miró con simpatía.

—Hay gente que no sabe valorizar lo que hace o tiene. Otros piensan que lo suyo vale más de lo que merece. Ambos actúan mal. Es difícil para muchos encontrar el punto medio de todas las cosas.

Krato regresó con un sucio rollo en las manos.

—Aquí está. Lo tenía entre la leña para quemar el próximo invierno. El pergamino ayuda a encender la fogata. ¡Jo, jo, jo!

Ami tomó el escrito con una mano, con la otra extrajo un aparato de su cinturón, luego expuso el rollo frente al objeto.

Pensé que lo estaba fotografiando.

—Estoy registrándolo. La imagen del pergamino acaba de pasar a la memoria de la "supercomputadora" que les mencioné. Toma, Krato. Ya puedes quemarlo.

—¡Qué barbaridad! ¡No! —exclamó Vinka—. Yo quiero verlo.

—Aquí tienes una copia más limpia y nítida que el original.

Por una ranura del aparato comenzaron a salir unas hojas blancas, especies de fotocopias del escrito, pero en tamaño menor.

Vinka quiso leer aquello. Ami le extendió una hoja, riendo.

—¡No comprendo este idioma! —exclamó desilusionada.

—Tendré que hacerles una traducción a mano. No me será fácil. Además, no tengo buena letra, pero tendrán unas copias en sus idiomas, para que las pongan en sus libros.

Mucho más tarde, mientras preparaba este libro, no supe si Ami quiso que se publicara directamente lo que él escribió con su puño y letra, o si bastaba con transcribir el contenido a letras de imprenta. Para no errar, hice ambas cosas. La primera parte del pergamino de Krato fue mostrada al comienzo de este libro. El resto del manuscrito fue fotografiado. Aparece más adelante. Así podrán ver la escritura de Ami. El original lo guardo como si fuera algo sagrado. Es la única prueba tangible que tengo acerca de la real existencia de Ami. Víctor piensa que eso lo escribí yo mismo, cambiando mi letra. Bueno, si él no es capaz de ver en todo esto algo más que fantasía, es una lástima. El se lo pierde...

—Si mi letra no es buena, discúlpame —dijo Ami— imagínate tú teniendo que escribir en el idioma de los chinos.

—¿Quiénes son los chinos? —preguntó Krato.

Vinka se adelantó a responder.

—Es un pueblo del mundo de Pedrito. Tienen los ojos muy bonitos. Así. —Procedió a estirárselos. Ami y yo reímos, pero el anciano quedó pensativo.

—Si me llevas en tu artefacto volador, Ami, tal vez pueda yo conseguir una viejita con los ojos así... ¿Comen los chinos garábolo picante?

Cuando terminamos de reír, Ami dijo:

—Si los chinos no comen garábolo, es sólo porque allá no

son fáciles de conseguir. En caso contrario los prepararían de mil maneras: ellos comen de todo, ¡de todo!

—Entonces los chinos tienen buen sentido —opinó Krato—. Otra buena razón para ir allá.

Me pareció que el viejo era demasiado aficionado a la comida.

—Si es ésa la espiritualidad de los swama, cómo serán los terri...

—Los terri no disfrutan de la vida —explicó Krato—. Están demasiado ocupados en sus guerras o en sus búsquedas de poder o dinero. Cuando lo consiguen, continúan muy ocupados defendiendo lo que tienen, o procurando conseguir más, pero jamás tienen tiempo para disfrutar de la vida: no tienen buen sentido. Pierden la existencia miserablemente. A propósito. Allá adentro nos espera toda una olla con garábolo en salsa picante y una chispeante botella. Vamos.

Ami reía de la filosofía de Krato.

—Este viejo glotón sólo piensa en disfrutar, y tiene razón en parte, sólo en parte. Se olvida de los demás. Ignora que quien sirve al prójimo tanto como a sí mismo logra al fin disfrutar más que quienes sólo piensan egoístamente. Este viejo es el swama menos espiritual que conozco...

—Puede ser, pero ahora que mi escrito hará un beneficio a miles, tengo derecho a deleitar mi paladar con ese garábolo "al diente". ¡Jo, jo, jo! Vamos adentro. Tengo hambre.

Se dispuso a ingresar a la cabaña, pero Ami le interrumpió.

—Yo no como carne, viejo amigo. Lo siento. Además, ya nos vamos.

—Yo no como garábolo —dije, decidido a ni siquiera mirar el contenido de la repugnante olla.

—Yo quedé satisfecha con los muflos de tu huerta. Muchas gracias, Krato.

—Bueno, ustedes lo desprecian, yo lo aprovecho. ¡Jo, jo, jo! Lástima que se vayan tan pronto. Espero volver a verlos algún día.

—Tú sabes que siempre estoy dándote una vuelta. Tal vez más adelante traiga nuevamente a estos amiguitos.

Nos despedimos afectuosamente de Krato, el viejo ermitaño de Kía. Hoy lo recuerdo con cariño. Me gustó su forma espontánea de ser. Era un hombre sin dobleces, sin misterios. No pude valorarlo cuando estuve a su lado. Sólo después capté una dimensión suya que no es fácil percibir en un corto encuentro.

Vinka le besó la mano en forma de adiós. Creí ver el fugaz brillo de una lágrima en los ojos del anciano, sin embargo, él, tal vez para disimular la emoción, soltó una broma final:

—Cuidado, nena, cuidado. No me beses así. Mis admiradoras me rodean en rebaños, y son muy celosas... ¡Tu vida corre peligro!

Yo, estúpidamente eché un vistazo alrededor: reinaba la más triste soledad.

13

Calibur

—Bien, muchachos. Mientras esperamos que este artefacto nos "sitúe" en un lugar que por el momento es sorpresa, yo voy a copiar en cada uno de sus idiomas lo que Krato legó a la posteridad. Ahora pueden ir a dar una vuelta al patio —dijo, entre risas.

Me interesó saber qué iba a pasar si se me ocurría abrir la puerta mientras transitábamos por el espacio-tiempo. Se lo pregunté.

Ami simuló ponerse de cabellos erizados a la sola idea. Miró a Vinka como diciéndole "qué loco", pero ella estaba vivamente interesada en conocer la respuesta. Eramos dos contra uno.

—Bien, ahora que lo mencionan, yo tampoco sé lo que ocurriría. ¡Buena idea! Abriremos la puerta para ver qué pasa —dijo, levantándose del sillón. Sus ojos estaban algo desencajados. Se acercó a la sala de recepción completamente decidido a abrir la puerta, pero nosotros volamos a impedírselo.

Cuando estuvo doblado de la risa, comprendimos que bromeaba.

—Váyanse por ahí a conversar sus historias y déjenme escribir estas copias antes de que lleguemos a..., a donde vamos. Pero no toquen nada, para que no volemos en pedazos por las dimensiones... Ja, ja. Esto será difícil para mí. Tener que escribir en idiomas indescifrables...

Frente a él una pantalla indicaba el alfabeto de mi idioma en varias formas de escritura. Junto a cada signo conocido por mí había otro muy extraño. Mientras escribía pulsaba botones. Yo estaba absorto en su trabajo, pero la mano de Vinka se posó en mi hombro.

—Dejémosle trabajar tranquilo. ¿Qué tal si vamos a inspeccionar la nave?

—¡Buena idea! No me gusta que me espíen por la espalda —bromeó.

Hasta entonces, yo no había reparado en varios detalles del vehículo cósmico. Con Vinka hicimos un recorrido. Aquí adjunto un plano que dibujé según mis recuerdos.

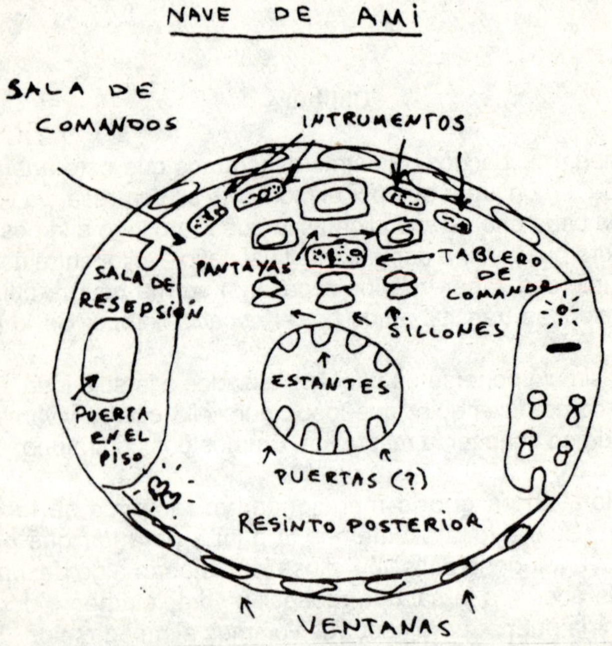

Como detrás de la sala de mandos existía otro recinto, allí fuimos a conversar.

Por los vidrios sólo se veía la neblina blanca reverberando.

—Quisiera saber qué hay tras las ventanas —expresó con mirada soñadora.

Al observarla detenidamente, me pareció algo increíble el estar conversando con un ser de otro mundo. Ella se aproximó más y me preguntó:

—¿Qué sentiste la primera vez que me viste?

—Esteee... ¿La verdad?

—Sí.

Como no me es fácil mentir, tuve que reconocer lo que sentí.

—No me fuiste agradable... ¿Y yo a ti?

—Tampoco, pero rápidamente mis sentimientos fueron cambiando. Ahora es distinto...

—¿Qué sientes ahora, Vinka?

—Siento que tú eres lo que siempre soñé.

Sus palabras reflejaron exactamente lo que yo sentía hacia ella, pero no hubiera podido expresarlo en forma tan sencilla.

—Eso mismo hay en mí. Es algo profundo que crece y crece.

Sus ojos color violeta parecían irradiar luz. Se veía demasiado hermosa. Con sólo mirarnos habíamos caído en un trance que nos transportaba a otras dimensiones...

—Cuidado con los romances prohibidos —dijo Ami, desde la sala de mandos.

No lo tomamos en cuenta y seguimos allí, mirándonos.

—Quisiera poder estar contigo para siempre —dije, tomando sus manos.

Ami volvió a intervenir desde la distancia.

—Recuerden que ambos tienen sus verdaderas parejas. Deben ser fieles.

Eso nos hizo pensar. Un poco después, ella me preguntó:

—¿Sientes como si lo nuestro fuese prohibido?

—Realmente, no, pero si lo fuera, no me importaría. ¿Cómo podría dejar de sentir lo que siento? No es cosa de voluntad.

—Recuerden el encuentro del futuro. Recuerden a esa persona...

Pensé en la mujer de rostro oriental. Era cierto que cuando experimenté aquello sentí un amor muy grande hacia ella, pero ahora... Bueno, Vinka era real, la otra, sólo recuerdo.

—Elijo a Vinka para siempre —expresé con gran seguridad.

—Y yo a Pedro.

Ami reía desde la sala contigua.

—Entusiasmos pasajeros. Llamas que cualquier brisa puede apagar..., como la carne de garábolo o cordero.

Ami había tocado la llaga. Nos miramos con arrepentimiento por habernos juzgado duramente. Pasado un momento, con nuestras manos tomadas, Vinka dijo:

—Pedrito, pase lo que pase, sepa de ti lo que sepa, jamás volveré a dudar de mi amor. Siempre serás para mí el único, aunque la distancia nos separe, aunque todo nos separe.

Unas pequeñas lágrimas asomaron a sus ojos. Creo que yo sentí las mismas emociones; por eso, mis palabras brotaron desde lo más íntimo de mi corazón:

—Vinka, cuando yo no te conocía, me sentía solo, pero desde hoy en adelante, aunque no estés conmigo, siempre estarás dentro de mí. Sé que lo nuestro es para siempre. Contigo ya no estoy vacío... No puedo explicarlo mejor, pero estás en mí y lo estarás para siempre.

Nos abrazamos. Aquello fue lo más hermoso de toda mi vida. Sentimos que desde aquel momento seríamos un solo ser...

Luego de un tiempo, no supe cuánto, Ami, con su buen humor de siempre dijo:

—Basta de amores pecaminosos. Vengan acá. Las copias están listas. Además, estamos llegando a Calibur.

Abrimos los ojos. Tras los vidrios, junto a nosotros, las estrellas se destacaban contra el firmamento de un azul muy oscuro.

Corrimos hacia la sala de mandos. Allá adelante, tras las ventanas, aparecía una visión impactante: dos enormes soles. Uno, azul, y más grande. El otro blanco, más pequeño.

—Allí tienen: Sirio.

—¿Sirio? ¿Cuál de los dos es Sirio? —pregunté.

—Los dos. Desde la Tierra ven a estos dos soles como si fuera uno solo. Ello se debe a que están muy cercanos entre sí, pero lejos de la Tierra. ¿Ven aquel punto luminoso?

Ami indicaba un pequeño globo azul del tamaño de una uva.

—Eso es Calibur. Hacia allá vamos. Es un planeta que utilizamos para crear especies vegetales. Es como si fuera un enorme "criadero de plantas cósmico". Todo ha sido cultivado por nosotros. Cuando obtenemos alguna especie excelente la llevamos a los mundos que puedan necesitarla.

—¿Cuántas personas habitan allí?

—Sólo unos pocos ingenieros genéticos, en la estación de control.

Nos acercamos rápidamente al círculo luminoso. Cuando se transformó en un disco inmenso que ocupaba todo el campo visual de nuestras ventanas, comprobé que ese mundo no se parecía a mi planeta, porque sus colores resultaban diferentes. Todo tendía al azul suave.

Volábamos sobre una extensa playa de arenas violeta, junto a un tranquilo mar de aguas color lila.

Vinka expresó con agrado su emoción:

—¡Esto es muy hermoso!... ¿No podríamos descender?

—No hay inconveniente. Además, prometí a Pedrito traerlo a estas playas...

Era cierto. En mi viaje anterior así lo hizo.

—Aquí las condiciones de oxígeno, gravedad, temperatura y flora no les afectarán en absoluto, tampoco ustedes afectarán al planeta.

La nave se detuvo en el aire, luego se posó en el terreno.

—Yo debo preparar el itinerario para nuestro próximo viaje. Ustedes pueden ir a caminar por ahí. No teman. Aquí no existe nada que pueda hacerles daño, pero no coman ninguna cosa.

La puerta se abrió. Descendimos por la escalera. Caminamos por las suaves arenas iluminadas de un sol azulino, tan grande como el que vi en Ofir.

—¡Mmmmm! ¡Qué agradable este aire! —exclamó Vinka, aspirando profundamente—. Parece una mezcla entre flores y algas marinas...

La intensidad de la luz, a pesar del enorme sol, resultaba menor que en la Tierra o Kía, también menor que en Ofir, debido a una gruesa capa de brumas. Aquello recordaba una playa al atardecer, pero de colores infinitamente más sutiles que en mi planeta. Además, las arenas terrestres no son violeta, ni el mar color lila...

Tomados de la mano fuimos caminando. Llegamos a un recodo. Apareció un hermoso jardín lleno de plantas floridas que llegaban hasta el mar.

Vinka estaba radiante.

—¡Esto es un paraíso!

Nos internamos por entre las plantas alejándonos de la playa. Más allá encontramos un bosque de pequeños árboles. Estos no tenían hojas, sino delgados filamentos. Casi parecían artificiales, por lo pulido de sus cortezas.

El gigantesco sol comenzaba a descender sobre las aguas, iluminando el rostro de Vinka, otorgándole tonalidades de un celeste brillante. Nos sentamos bajo los árboles, cuyos filamentos caídos formaban un mullido cojín entre las flores.

Durante largos momentos contemplamos los reflejos sobre las quietas aguas. Jamás había yo visto una puesta de sol tan extraña y hermosa.

Observé que los cabellos de Vinka fueron iluminados por una luz tras ella: un segundo sol aparecía detrás de los árboles, a nuestras espaldas.

—Mira: ¡el otro sol!

—¡Esto es maravilloso! ¡Puesta y salida de sol al mismo tiempo!

Reímos con alegría.

Pasó un tiempo. Vinka, con un asomo de tristeza me dijo:

—Creo que esto no es correcto...

—¿A qué te refieres?

—Nosotros sabemos que alguien nos espera, en el futuro...

Permanecimos un rato en silencio. Ella tenía razón.

—Creo que Ami nos ha hecho un daño al permitir encontrarnos. El pudo haber calculado que íbamos a sentirnos atraídos, pudo haber evitado esto... —dije.

Ella pareció querer atrapar el momento.

—Sin embargo, esto es lo más hermoso de mi vida... Gracias, Ami.

También tenía razón. Lo único que perturbaba nuestra dicha era el recuerdo de un encuentro en el futuro.

Sentí curiosidad por saber quién era el alma gemela de Vinka. Tal vez con algo de celos, le pregunté:

—Ese héroe tuyo, ¿cómo era?

—Mejor olvidemos para siempre aquello, y no pensemos sino en nosotros.

—Magnífica idea. Yo olvido a la mujer del lunar en la frente y tú olvidas a tu príncipe azul.

—¿Cómo sabes que era azul?

—¿Por qué lo dices, Vinka?

—Porque tenía la piel azul...

—Entonces, tal vez todas las almas gemelas tienen la piel de ese color, porque la dama que yo vi, también la tenía así.

Aquello le interesó vivamente. Me pidió mayores detalles.

—Yo venía flotando por el aire, cerca de una laguna con cisnes que me saludaron. Los prados, flores y juncos cantaban. Ella me esperaba en...

—¿Entre unas enredaderas rosadas y almohadones con franjas de colores?

Quedé estupefacto. ¿Cómo podía saberlo?

—Creo que leíste mi libro...

—Si leyeras el mío, encontrarías la misma situación, pero desde el punto de vista de la dama que espera...

—¡Eres tú!

Nos abrazamos como queriendo fusionarnos en un solo ser, ahora sin sentimientos de culpa. La felicidad nos invadió. Tuve sensaciones muy parecidas a las que viví en ese encuentro del futuro...

—Basta de romance —interrumpió la voz de Ami, quien nos observaba de pie entre las flores, sonriendo.

—Eres un mentiroso. —Vinka fingió enojo.

Se refería a que nos había dicho que nuestras almas gemelas se encontraban en la Tierra y en Kía, además manifestó que lo nuestro era prohibido.

—Quise que lo descubrieran por ustedes mismos. ¿No fue mejor así?

—Pero mentiste...

—Si les hubiera dicho algo así como "voy a presentarte a tu pareja", ello hubiese tenido algo de forzoso, de obligatorio, sin sorpresa; en cambio así nació todo espontáneo. Les puse escollos intencionales para ver si los superaban. Lo hicieron muy bien.

Caminando de regreso a la nave pregunté:

—¿Cuándo será ese encuentro en el mundo rosado?

—Después de algunas veces de unirse y separarse. De ahora en adelante ustedes se buscarán siempre, de vida en vida, y siempre se encontrarán. Al final, mucho más adelante del encuentro que vivirán en el mundo color rosa, ustedes se fusionarán en un solo ser. Entonces estarán completos. Por ahora son dos mitades de un mismo ser, evolucionando separadas.

—¿Y ahora, debemos despedirnos? —preguntó triste Vinka.

—Sí. Pronto volverás a Kía, y Pedrito lo hará a la Tierra. Recuerden que tienen una misión de ayuda a vuestros mundos. Si no sirvieran a sus hermanos, demostrarían egoísmo. Quien es egoísta no tiene buen nivel. Quien no tiene buen nivel no merece encontrar su alma gemela. Eso es un premio, hay que ganarlo, al igual que merecer un mundo mejor. Si no sirven al amor, el destino les irá separando. Y, al contrario, mientras más útiles sean a los demás, con mayor rapidez el destino les irá acercando.

Subimos tristes la escalera de la nave.

—Será duro separarnos...

—Será fácil, porque ahora saben que su complemento existe, saben que les recuerda y espera. Además, podrán comunicarse...

—¿Cómo? ¿Nos dejarás algún micrófono?

—No es necesario. Cuando dos almas han sido unidas por el amor, la comunicación supera el tiempo y el espacio.

14

El pergamino y dos posibilidades

Mientras nos "situábamos" en algún ignorado lugar, comencé a leer el pergamino de Krato, tal como lo escribió Ami con su puño y letra.

Este es:

Amor es un ingrediente sutil de la conciencia. Es capaz de mostrar el sentido profundo de la existencia.

Amor es la única "droga" legal.

Algunos buscan equibocadamente en el licor y otras drogas lo que produse el Amor.

Amor es lo más nesesario de la bida.

Los sabios conosen el secreto, y buscan sólo Amor. Los demás lo ignoran, por eso Buscan lo externo.

¿Cómo obtener Amor¿

Ninguna técnica sirve, porque Amor no es material. No está sometido a las leyes del pensamiento y la rasón. Ellas están sometidas a El.

Para obtener Amor, primero ai que saber que Amor no es un sentimiento, sinó un Ser. Amor es *alguien*, un Espiritu viviente y Real, que cuando despierta en nosotros llega la dicha, llega todo.

¿Como aser que venga?

Primero ay que creer que existe (porque no se ve, sólo se siente)(algunos le disen Dios) después ai que buscarlo en su morada intima: el corasón.

No hay que lllamarlo, porque ya está en nosotros. No hay que pedirle que benga, sinó dejarle salir, libertarlo, entregarlo.

No se trata de pedir Amor, sino de dar Amor.

?Como se obtiene Amor¿

Dando Amor.

Amando.

—Entonces el amor es un ser. Eso no sale en ningún libro que yo haya leído —dije.

Ami sonrió mientras accionaba los controles.

—Sí sale. En uno.

—¿En cuál, Ami? Yo no lo he leído.

El niño del espacio comenzaba a divertirse.

—Sí lo has leído. Más que eso: tú lo escribiste. Allí aparece.

—¿En "Ami"?

—En "Ami" —respondió Ami

—No recuerdo...

—Vuelve a leerlo entonces. Algunos hablan de "posesión demoníaca" cuando una persona comete barbaridades. Pueden imaginar que las fuerzas negativas son un ser, pero cuando alguien está en amor, a nadie se le ocurre hablar de "posesión divina". Son muy curiosos ustedes... Piensa en eso, pero todavía mejor es poner en práctica el consejo de Krato.

Vinka vino a mi lado.

—Para mí será muy fácil...ahora.

—Y ojalá logres extender tu afecto más allá de Pedrito. Tu gente necesita de ti, en Kía. Bien. Antes de volver allá, les mostraré unas grabaciones...

—¡¿A qué vamos a Kía nuevamente?! —pregunté alarmado.

—No dije que estemos yendo exactamente a Kía, pero el momento llegará.

—Entonces...¿No hay remedio?

—Vinka no puede quedarse aquí para siempre. Ella debe volver a su mundo, escribir otro libro, continuar sirviendo, y tú debes hacer lo mismo en tu planeta, pero antes vean esto.

Tras los vidrios apareció un mundo gris oscuro. No me interesó. Tampoco a Vinka. Ambos permanecimos tomados de la mano, mirándonos con tristeza.

—Basta de dramas baratos —exclamó sonriendo nuestro amigo.

—Es que vamos a separarnos...

—¿Y cuál es el problema? No estarán para siempre aparte. Ya tendrán la oportunidad para estar unidos eternamente. Vamos. Vean esto: ¡la destrucción de un mundo! —procuró entusiasmarnos.

Ni siquiera aquel anuncio nos interesó. Estábamos muy tristes.

Al vernos así, Ami apagó la imagen, luego nos dijo:

—Parte de la evolución es aprender a superar el apego, porque el espíritu busca libertad.

—Pero nos queremos...

—El verdadero amor no es apego. No encadena ni se encadena. Más bien libera y se libera. Quienes se aman de verdad no necesitan estar pegados como siameses... ¡ja, ja! ¿Quieren recibir ese castigo en la próxima encarnación?

No supimos si bromeaba o decía la verdad, pero sus palabras nos ayudaron a sobreponernos.

Encendiendo nuevamente el sistema que proyectaba imágenes en los vidrios, nos explicó:

—Esto que van a ver ocurrió en un mundo que no logró superar su violencia y maldad, a pesar de todos los esfuerzos que hicieron quienes participaron en el plan de ayuda para ese mundo. Miren.

La atmósfera estaba oscurecida por una espesa capa de nubes grises. Observamos una gran cantidad de naves espaciales que descendían al planeta.

—Están viendo la "operación rescate". Las naves bajan a buscar a quienes tienen setecientas "medidas" o más, para salvarlas, porque lo merecen. Es, en realidad, algo muy triste, un fracaso. Todos los esfuerzos fueron en vano.

Las imágenes se sucedían como en una especie de documental filmado. La Tierra temblaba casi en todas partes. Las ciudades costeras eran barridas por gigantescas olas. Apareció una nave nodriza igual a la del Comandante.

—Es necesario albergar a varios millones de personas...

—¡Varios millones!

—La gente buena es mucha más de la que se piensa. Muchas veces la maldad es simple rebeldía ante la injusticia, sólo que expresada por caminos errados. Otras veces, se trata de malas costumbres colectivas, provocadas por malos sistemas de organización. Generalmente la costumbre o la necesidad obligan a actuar mal; por eso es necesario que se difundan los mensajes que estamos enviando. Mientras más y más trabajen, menos son las probabilidades de que en vuestros mundos ocurra lo que aquí ven.

Se mostró detenidamente el trabajo de una nave sobre una ciudad. Muchas personas eran "izadas" mediante rayos luminosos. Sus rostros mostraban sorpresa o temor. En muchos casos alegría.

—¿Por qué está todo tan oscuro?

—Porque acaban de estallar miles de bombas nucleares. Pronto comenzará la llovizna radiactiva. Después, el planeta se enfriará tanto que resultará imposible sobrevivir.

Una nave pasó por sobre una montaña. Abajo, un grupo de personas le hizo señas, pero no se detuvo para rescatar a esa gente.

—¿Por qué no las recogen?

—No tienen buen nivel —respondió Ami.

—Ah. Observaron sus niveles de evolución a través del "sensómetro"...

—No es necesario en este caso. Esta es una comunidad retirada de la civilización. Todas estas personas decidieron escapar de los problemas, en lugar de colaborar por resolverlos: no tienen buen nivel. Ahora, por haber querido salvar solamente "sus" vidas, perderán la vida... Deberán esperar una nueva oportunidad, en otro mundo. Para una nueva existencia será...

Las palabras de Ami, la visión de un mundo completamente oscurecido por las nubes de polvo contaminado, el espectáculo de seres humanos muriendo en un planeta que no cesaba de temblar, con montañas de agua yendo hacia los continentes, destruyendo todo a su paso, mientras millares de naves seleccionaban sólo a unos pocos millones de personas, dejando a la mayoría condenada a muerte, todo ello nos produjo una terrible angustia.

Vinka tenía lágrimas en los ojos.

—Me parece espantosamente cruel dejar allí abandonadas a esas personas que se retiraron a vivir una vida más en contacto con la naturaleza, cuando vieron que todo estaba perdido.

—Te equivocas. Ellos no escaparon cuando todo estaba perdido, sino mucho antes, cuando todavía quedaban posibilidades de hacer algo. Tal vez hubiera bastado el trabajo de ellas para salvar este mundo. Recuerda que el cántaro con una gota se rebasa...

A pesar de las explicaciones de Ami, me pareció venganza dejar allí a esa pobre gente.

—No se trata de venganza, sino de seleccionar a la "buena

semilla". Sólo con gente buena se crea una civilización en la que se pueda dormir en paz con la puerta abierta, o dejar los bienes de consumo a libre disposición de las personas.

Quienes escaparon no serían "buenas semillas", porque si se les diera la oportunidad de llegar a un mundo como el que se quiere construir, no tendrían disposición de servicio y cooperación, simplemente les falta amor. En el fondo, es su egoísmo el que les impulsó a huir. Un egoísmo que puede disfrazarse de cualquier cosa: vida sana, salud, purificación, evolución espiritual inclusive, pero, en el fondo, es simple egoísmo. Es como si un médico huyera del hospital por temor al contagio y dijera que su salud es lo único importante. Si todos los médicos pensaran así..., pobres enfermos.

Las explicaciones de Ami lograron hacerme comprender mejor la situación, pero todavía me causaba dolor el destino de esa gente. Por eso pregunté:

—¿Es que no existe la posibilidad de crear un mundo bueno, sin que sea necesaria la eliminación de tantos millones de personas?

—¡Excelente pregunta!

—¿Por qué?

—Porque sí es posible. Ahora les mostraré otras grabaciones. Aquí tengo el registro de lo que pasó en otro lugar. Veamos.

Ami accionó nuevamente los controles. En los vidrios aparecieron nuevas imágenes. Esta vez se trataba de un mundo muy parecido a la Tierra o Kía. Inclusive las personas eran casi iguales a nosotros, de varias razas además.

En una importante ciudad había grandes multitudes ante las puertas de un edificio enorme.

—Estamos asistiendo a un momento histórico: acaba de formarse el Gobierno Mundial. Los representantes escogidos por cada país no son políticos comunes y corrientes...

—¿Qué son, entonces?

—Servidores del Plan Cósmico. Este mundo comienza a regirse por la Ley de Dios, por los principios universales.

Vinka parecía fascinada.

—¡Qué maravilla!

—Aquí se produjo la unión de muchos grupos espirituales,

religiosos, ecológicos y pacifistas. Ellos propusieron la convivencia fraternal, practicada en todos los mundos civilizados, y la gente decidió creerles... No tuvo otro camino...

—¿Por qué?

—Porque hubo un descalabro económico a nivel mundial. Por otro lado, debido a multitud de experimentos atómicos, a la contaminación, a la sobreexplotación de los recursos naturales, hubo grandes desequilibrios ecológicos. Cambios climáticos afectaron la producción de alimentos. Aparecieron epidemias nuevas, pestes, plagas. Aparte de ello, hubo guerras en todo el mundo. Guerras entre sistemas sociales, guerras por fronteras, guerras por diferencias religiosas. Todo el dinero se iba en armamentos. Hubo hambre, miseria, temor... La gente se aburrió, y como había una sola alternativa capaz de detener la locura colectiva, pacíficamente y de común acuerdo, decidieron ensayarla.

Tras los vidrios se mostraban escenas variadas.

—Ahora vemos el momento en el cual se ejecuta la primera medida del Gobierno Mundial.

En todas las ciudades miles y miles de personas estaban agrupadas ante toneladas y más toneladas de artefactos de guerra: ametralladoras, fusiles, cañones y todos aquellos elementos destructivos que tanto orgullo provocan en algunas personas de mi planeta.

—¿Que están haciendo?

—En este momento en cada país, o más bien "ex país", en cada Provincia de este mundo se procederá a la transformación de los armamentos.

Vimos cómo grandes llamas fundían los metales. En los puertos, los barcos de guerra eran transformados en cargueros. En los aeropuertos, los aviones de guerra en naves de pasajeros. Los tanques en tractores...

Recordé las palabras escritas por el profeta Isaías. Aquellas que aparecen al comienzo de mi libro anterior. Las repetiré aquí tal como están en otra Biblia:

"... Y volverán sus espadas en rejas de arado,
y sus lanzas en hoces;
no alzará espada nación contra nación,
ni se adiestrarán más para la guerra".

Mientras las llamas fundían los metales, en un acto simbólico de hermandad y paz, la gente entonaba canciones. Muchos lloraban de emoción.

—Ahora observen atentamente. Aquí viene la mejor parte.

En el cielo aparecieron miles y miles de objetos luminosos que comenzaron a volar en círculo en torno a las hogueras. La gente les saludaba con emoción y alegría. Algunas naves descendieron y sus ocupantes bajaron a reunirse con quienes participaban en aquel acto que desechaba para siempre la destrucción y la violencia.

Mediante altavoces, los visitantes espaciales se presentaban a la multitud: "Les saludamos, hermanos de este planeta. Este maravilloso acto que ustedes ejecutan hoy, ha sido inspirado por las fuerzas constructivas del universo. Ha repercutido en lo mejor de vuestros corazones y les ha impulsado a luchar por salvar vuestro futuro. Han logrado sobreponerse al egoísmo, a la ignorancia, a la desconfianza y a la violencia. Esto indica que han llegado al nivel que les capacita para ingresar a la Confraternidad Cósmica. Desde ahora en adelante no habrá más sufrimiento para ustedes. Hemos venido a ofrecerles todo nuestro caudal de conocimientos científicos y espirituales para que dentro de muy poco tiempo estén organizados de acuerdo a la armonía cósmica regida por el Amor Universal...".

La gente se abrazaba, extendía sus manos hacia las naves, en gestos maravillados y felices.

Aunque el espectáculo era emocionante, tanto que Vinka lloraba abiertamente, logré sobreponerme a los sentimientos que se agolpaban en mi pecho para expresar una pregunta:

—¿Cómo es posible que estas personas no sientan temor ante la aparición de las naves?

—La respuesta es muy simple —dijo Ami, sonriendo—. Ello se debe a toda la difusión de información que efectuaron previamente nuestros amigos, los misioneros en este mundo. Todos los grupos motivados por el amor reconocían nuestra existencia y ayuda; todos ellos profetizaban, de acuerdo a nuestros mensajes, que una vez producida la unidad y la eliminación de los armamentos, aparecerían las naves de sus hermanos del espacio. Eso fue creando una conciencia universalista en esta humanidad. Por eso vuestras misiones son importantes.

Vinka, sobrecogida por el fraternal espectáculo que se desarrollaba ante sus ojos, expresó su entusiasmo:

—¡Quisiera estar allí! Llévanos, por favor...

Ami comenzó a reír.

—No sabes lo que pides. Estas imágenes fueron registradas hace tanto tiempo, que en los momentos en que se realizaban estos acontecimientos el hombre de vuestros mundos desconocía la escritura.

—No puede ser...

—Es mejor que lo crean.

—¿Por qué utilizaste imágenes tan antiguas? ¿Es que ningún otro mundo se ha salvado desde entonces?

La risa de Ami nos hizo comprender que nos equivocábamos.

—La razón por la cual les mostré este mundo, y no otro, consiste en que aquí la gente es muy parecida a ustedes. Así les resultaría todo más familiar, pero puedo mostrarles el mismo espectáculo en varios miles de mundos de esta galaxia, y en todas las épocas.

—De todas maneras me gustaría ir. Ver cómo ha evolucionado en tantos milenios —dijo Vinka.

—Quisiera poder llevarlos, pero no tenemos tiempo. Puedo informarles que este mundo es hoy muy parecido a los planetas civilizados que han conocido. Existe una sola raza humana y...

—¿Una sola raza? Yo veo aquí a varias de ellas...

—Sí, pero con los años se fueron fusionando. Hoy es una

sola: la resultante de la mezcla entre todas las demás. Ya no quedan tipos humanos de las razas originales.

Vinka pareció ponerse triste.

—Entonces..., todas esas personas que vemos... ¿están muertas?

El alegre rostro de Ami nos hizo presentir que no era así.

—Están todos "vivitos y coleando".

Nuestras miradas taladrándole exigían una explicación. En Ofir se me dijo que un señor que aparentaba sesenta años, tenía, en realidad, cerca de quinientos, pero esta gente debería tener miles y miles...

—Una vez que un mundo ingresa a la Confraternidad, toda su gente permanece viva para siempre...

Nuestras bocas y ojos muy abiertos hicieron reír a Ami.

—...Perdonen que ría, pero sus caras... Les comprendo. Es una sorpresa muy grande, sin embargo, es verdad. Nuestros descubrimientos en el campo científico y espiritual nos permiten detener el envejecimiento celular, y cuando un mundo ingresa a la Confraternidad le entregamos todo nuestro conocimiento.

No comprendí. Aunque el hombre de Ofir tuviera quinientos años se notaba más viejo que los demás, por lo tanto, había un envejecimiento celular.

—¿Por qué, entonces, el hombre de Ofir no se veía joven?

—Porque su cuerpo no era tan joven... —dijo, con malicia.

—No comprendo...

—Sucede que no todos quieren someterse indefinidamente al proceso de detención del envejecimiento. Algunos han evolucionado más que el resto de sus hermanos. Entonces el mundo en el que viven ya les queda "pequeño". Deben irse a mundos todavía superiores, pero antes tienen que devolver el cuerpo que utilizaban. No pueden ir con él a mundos superiores. Así, dejan envejecer el viejo cuerpo hasta que ya no funcione...

—¿Hasta que muera?

—Sólo el cuerpo. En los mundos de la Confraternidad la gente sabe cómo permanecer consciente fuera del cuerpo físico; siempre están con la conciencia despierta. Así pasan del viejo cuerpo al nuevo, sin perder la conciencia ni la memoria... La vida eterna es un hecho real y garantizado para quienes logren llegar a un mundo civilizado.

—¿Garantizado?

—Bueno, es cosa de saber interpretar las Escrituras Sagradas de vuestros mundos. Allí se promete vida eterna para algunos...

—Entonces..., la muerte...

—La muerte no existe por ninguna parte. ¿Crees que Dios es tan malo como para permitir algo así? Sólo existen cambios de estado, pero el espíritu es eterno. A las personas de mundos incivilizados no se les concede el cambiar de cuerpo conservando el recuerdo de la vida anterior. Eso produce la ilusión de "muerte", pero en los mundos civilizados todos recuerdan sus experiencias pasadas.

Vinka escuchaba embelesada.

—Entonces vale la pena llegar a un mundo superior.

—Así es, pero repito: eso hay que ganarlo. Nada se obtiene sin esfuerzo. No se cosechan ambroquitas sin sembrarlas.

—¿Qué cosa son las ambroquitas?

—Unas ricas frutas de mi mundo...

Recordé que en su visita anterior prometió llevarme a su planeta.

—A propósito...

—Sí. A propósito —dijo Vinka—. Recuerda que ofreciste llevarme a tu casa.

—¿A mi casa? —fingió sorpresa—. Yo no he dicho eso, sólo que conocerían mi planeta, pero recuerden que no pueden salir de la nave en los mundos civilizados, por el momento. Justamente hacia allá vamos, a Muñeca Galáctica.

—¿Qué es eso de Muñeca Galáctica?

—Así se llama el planeta donde vivo. Pronto llegaremos.

—¡Qué bonito nombre! —opinó Vinka.

—Bueno, al menos suena mejor que Kía, o Tierra. Esas palabras no tienen poesía.

Quisimos saber si todos los mundos civilizados tenían nombres como aquél.

—Casi todos, aunque algunos quieren conservar los primitivos. En general, buscamos nombres poéticos para todo: mundos, regiones, ríos, montañas, lagos, lugares, caminos.

—En Kía recurrimos a los apellidos de los héroes.

—Guerreros, quieres decir —precisó Ami—. Como vuestros mundos son violentos y belicosos... Si ustedes fueran más evolucionados utilizarían nombres de artistas, científicos y Maestros. Cuando hayan evolucionado todavía más recurrirán a imágenes más hermosas.

Entusiasmada por lo que acababa de escuchar, Vinka se acercó a mi lado diciendo:

—Vamos, Pedrito. Te invito a caminar por estos prados. Vamos por la calle de las aves azules hasta la plaza del espejo mágico...

Me tomó de la mano llevándome al recinto posterior de la nave. Me gustó la fantasía que propuso, pero no pude seguirle el juego. La imaginación no me funciona cuando hay otras personas presentes. La timidez me bloquea.

—Si lo que tienes que mostrar es bueno para los demás, guárdate en un bolsillo la opinión de los demás —dijo Ami, desde la sala de comandos—. Aprende a ser tú mismo, sin pedir permiso. Trata de comprender qué significa un corazón con alas, con alas.

A Vinka pareció no gustarle que Ami se inmiscuyera en nuestros juegos utilizando la telepatía. Por ello dijo, fingiendo hablar por un altavoz:

—"Se le ruega a la tripulación no intervenir en las cosas privadas de otros miembros de la nave".

—Tienes toda la razón —dijo Ami—. En los mundos civilizados es un feo delito faltar el respeto a la privacidad de las personas.

Vinka encontró allí motivo para una broma.

—Entonces, ¿cómo es que no estás en un calabozo?

Ami respondió, entre risas:

—Lo siento. Tengo el grave defecto de ser capaz de captar el pensamiento, y ustedes, como buenos incivilizados, piensan a un volumen atrozmente ruidoso. Es difícil no escuchar el sonido de un aparato de radio puesto a todo volumen. Lo que pasa es que todavía no aprenden a aquietar sus pensamientos. Si nosotros no lo hiciéramos, ¿imaginan la cacofonía espantosa que tendríamos que soportar, por ser telépatas? por eso, cuando vamos a efectuar trabajos en vuestros mundos, preferimos transitar por zonas en las que el "ruido" es menor.

Aquello me interesó mucho, pero no quise contrariar a Vinka. Evidentemente ella quería conversar conmigo a solas; por eso pregunté en forma mental:

—"¿En qué zonas de la Tierra es menor el 'ruido' de los pensamientos?".

—Hay puntos en vuestros mundos, ubicados en lugares que corresponden a zonas más sutiles del gran organismo llamado planeta...

—"¿No es igual cualquier lugar?".

—No es igual una célula del pelo que una del cerebro. Así, hay lugares especiales también en los planetas. En esos puntos las radiaciones son más sutiles; por lo tanto, la gente que habita por allí es menos "ruidosa"; por eso, nos es más soportable transitar por esas regiones.

—Más soportable todavía sería que nos dejaras conversar en paz de una buena vez —expresó Vinka, entre en broma y en serio.

—Está bien, pero intenten no hacer mucho "ruido" con vuestros pensamientos caóticos y emociones descontroladas.

—"¿También las emociones hacen 'ruido'?" —pregunté mentalmente.

—Las emociones negativas, o descontroladas, son la peor fuente de "ruido". Pero ya no diré nada más... Vinka puede hacerme desalojar la nave —rió—, aunque no tendrán mucho tiempo para vuestras telenovelas baratas: hemos llegado a Muñeca Galáctica.

15

Muñeca Galáctica

Creí estar contemplando un mundo de juguete. Observé un poblado parecido a los de los duendes de los dibujos animados infantiles. Muchas casas tenían forma de hongos multicolores, otras eran esferas que flotaban en el aire, con ventanitas llenas de plantas y flores. Todos los habitantes que observé eran niños. Absolutamente todos.

—No todos somos niños, aunque nos gusta mantener esa apariencia. Es que interiormente somos juguetones, infantiles en el buen sentido. Es por ello que nuestro mundo se llama "Muñeca". Algo que les sirve a los pequeños.

—Yo pensaba que los mundos civilizados serían iguales en todo —dije.

—¡Claro que no! Qué aburrido resultaría eso. Al contrario, cada mundo se diferencia en su "estilo", dependiendo de las inclinaciones particulares de sus habitantes.

—¡Mira eso! —exclamó Vinka al ver un vehículo aéreo que pasaba cerca. Tenía la forma de una fruta, manzana o algo semejante. Estaba pintado con dibujos: rostros de sonrientes animalitos, flores, estrellas y nubes.

—Nuestros vehículos no espaciales están hechos de acuerdo con nuestra fantasía. Si los vieran por dentro, quedarían locos.

—¿Por qué esta nave no es así?

—Porque las naves espaciales deben ser hechas de acuerdo con las normas de la Confraternidad. Eso se hace para evitar el desorden visual. En algunas ciudades y calles de vuestros mundos se produce una verdadera "cacofonía óptica": un rascacielos de acero y vidrio junto a una catedral medieval. Letreros, cables, postes... Algo como para enfermar de los nervios a un guarapodáctilo...

No tuvimos tiempo para preguntar de qué se trataba, porque a lo lejos se acercaba un gigantesco animal blanco, parecido a un oso de peluche. Tenía el tamaño de un edificio...

Ami nos advirtió riendo:

—No se preocupen, aunque nos trague. Es un divertido juguete.

Efectivamente. Cuando el tremendo "oso" estuvo frente a nosotros, levantó una mano que atrapó nuestra nave, pero sin tocarla, tal vez mediante algún tipo de magnetismo. Luego abrió la monumental boca y procedió a engullirnos. Ami reía de nuestra sorpresa. Imaginamos que estábamos en un parque de diversiones, por ese motivo no nos inquietamos demasiado cuando todo se oscureció al adentrarnos en la boca del muñeco gigante.

Una luz color rosa iluminó la sala de comandos. En lugar de vísceras, costillas o el interior de un estómago, pudimos ver un espectáculo fascinante: infinidad de personajes como de cuentos infantiles se deslizaban en medio de unos decorados absolutamente fantásticos: bosques irreales, castillos de ensueño, paisajes de fábula. Era un desfile de sonrientes personitas. No pude saber si aquellos seres tenían vida, o si se trataba de una película. Muñecos mecánicos, tal vez.

—Son personajes de antiguos cuentos infantiles. Esto fue filmado con gente disfrazada. Ahora vemos la proyección con el sistema tridimensional o "hiper real".

Fuimos descendiendo por el interior del cuerpo del muñeco. Más abajo todo adquirió un color verde muy claro y hermoso. Ahora la visión era todavía más fantástica: entre decorados sin formas precisas, más bien figuras de siluetas y colores cambiantes, flotaban unos seres parecidos a hadas. Sus cuerpos eran transparentes...

—Esto es una filmación de seres que habitan en otros planos vibratorios, en otras dimensiones. Son hadas, gnomos, ondinas, sílfides y salamandras, entre otros.

Vinka estaba impresionada.

—¡Entonces esos seres existen realmente...!

—Por supuesto que existen. Son tan reales como tú, yo o los tripping...

Ya no preguntábamos nada cuando Ami mencionaba palabras extrañas. Comprendíamos que bromeaba, aunque sin poder asegurarlo...

—Ahora ingresaremos a la última parte. No vayan a sentir temor por lo que van a ver.

Esta vez fue una luz ambarina topacio la que inundó el interior de la nave. Al observar por los cristales, vimos un desfile todavía más increíble: los seres que lo componían tenían cuerpos encendidos, cuerpos de fuego. Los había de llamas rojas, violetas, amarillas, azules, verdes y blancas. Tenían forma humana, aunque sin rasgos definidos, puesto que eran todo llamas, excepto los ojos. ¡Qué ojos! Miradas fascinantes, penetrantes, pero llenas de dulzura y fuerza.

Uno de los seres nos miró fijamente, se aproximó a nuestra nave y luego, lo asombroso: ¡atravesó las ventanas e ingresó a la sala de mandos...! Yo pensé que todo se quemaría, que se produciría un incendio. Temí que aquel ser de llamas color rojo muy encendido fuese a tocarme, a quemarme.

—No teman —dijo Ami, al ver a Vinka con los ojos muy abiertos contemplando cómo aquel ente flamígero danzaba en medio de nosotros, iluminando el interior de la nave con el color de sus llamas—. Todo es un juego —manifestó.

El inflamado especimen color rojo se retiró atravesando las ventanas, pero otro, de color amarillo, procedió a hacer su ingreso a nuestro vehículo. Ejecutó una danza asombrosa.

—Si supieran comprender el lenguaje encerrado en sus movimientos, descubrirían grandes verdades universales —explicó Ami.

Cuando el ser amarillo se retiró, otro hizo su presentación. Así, uno a uno fueron pasando todos aquellos encendidos personajes. Cuando el último, de color blanco, se retiró, una gran puerta se abrió. Salimos al exterior por la espalda del "oso" gigante.

Ami esperaba con deleite nuestras preguntas.

—¿Quiénes eran esos seres?

—Ellos son los habitantes de los soles. Pero, claro; todo fue una filmación, una proyección.

—No puede ser proyección. Ellos ingresaron al interior de la nave. No había ningún telón aquí...

—Un rayo de luz se puede proyectar a través de los vidrios...

No comprendimos el sistema, pero no tuvimos más remedio que creer en las palabras de Ami.

—Si alguno de ellos hubiese efectivamente penetrado a nuestra nave, nos habríamos derretido, desintegrado...

—¿Tienen una temperatura muy alta?

—No sólo temperatura. Además un nivel vibratorio insoportable para nosotros... Bien. Ahora vamos al lugar en donde habito.

La nave adquirió una velocidad incalculable. En pocos segundos llegamos cerca de uno de los polos de aquel planeta. Todo estaba absolutamente nevado. La noche caía.

—Por allí está mi casa. Vean.

Observamos un pueblito realmente encantador. De inmediato recordé un adorno que alguna vez tuvimos en casa: una bola de cristal llena de agua. En su interior había una casita, un paisaje campestre. Al voltearla comenzaban a caer pequeñas partículas blancas que imitaban copos de nieve. Fuera de la nave el espectáculo resultaba parecido. La nieve caía en abundantes y silenciosos copos grandes y suaves. Todo estaba tapizado de blanco: árboles, colinas y casas. Estas últimas eran todas esféricas. Muchas, no tocaban el terreno, sino que flotaban a varios metros sobre éste. Tenían amplias ventanas iluminadas por luces interiores. Algunas eran completamente transparentes, hechas de un material parecido al vidrio. No vi cortinas, pero comprendí que los ventanales podían ser oscurecidos u opacados a voluntad de los moradores. En general, uno podía observar toda la actividad del poblado a través de las ventanas.

—No tenemos mucho que ocultar —dijo sonriente Ami.

—Por aquí las cosas no son como de juguete —observó Vinka.

—Cuestión de estilos. Adoptamos el tipo de construcción

de acuerdo a las características geográficas y climáticas. Los poblados que vieron anteriormente están ubicados en las zonas cálidas. En una región como ésta no resultaría armonioso un pueblito como aquél.

Pregunté si los habitantes de las regiones frías eran menos juguetones que los de las zonas cálidas.

—En las regiones más cálidas las personas suelen inclinarse más hacia la alegría; en las regiones más frías los juegos son más apacibles, pero todo en el universo es juego —explicó Ami—. Cada uno según su estilo. Los mundos, los pueblos, las instituciones y las personas. Algunos se inclinan por juegos terribles, como en los mundos incivilizados. Estos están lejos del "Juego de Dios". Otros se inclinan por juegos más elevados, más cercanos a la paz, al bien para todos, al amor. Estos están más cerca del sentido verdadero del universo.

Vinka quedó pensativa.

—Nunca hubiera pensado que Dios juega. Yo lo imaginaba muy serio. Lleno de amor, pero serio, y tú hablas del "Juego de Dios". ¿Cuál es ese juego?

—El universo es una creación de la imaginación de Dios. Eso es un arte, una especie de juego. Las almas van vida tras vida aprendiendo "las reglas del juego", hasta que logran captar su verdadero sentido, porque la vida tiene un solo secreto, una sola fórmula que lleva directamente a la felicidad.

—Portarse bien —dije, sin mucho entusiasmo, recordando los consejos de mi abuelita.

Ami y Vinka rieron. Enseguida nuestro amigo explicó:

—"Portarse bien" puede ser muchas cosas. Si te refieres a obedecer los reglamentos y órdenes, por temor al castigo, eso no lleva a la felicidad, pero existe un "portarse bien" que lleva infaliblemente a la dicha.

—Entonces di de una vez de qué se trata —dijo impaciente Vinka.

—El único secreto, la única fórmula o receta para vivir una vida feliz, consiste en vivir en amor —dijo Ami, levantándose del sillón de comandos.

—Me parece que eso ya lo dijiste...

—Claro que lo he dicho. De una u otra forma se ha dicho, miles de veces se ha dicho. Todos los grandes Maestros de todos los mundos no han hablado de otra cosa. Toda religión verdadera lo dice, y si no lo dice, no es verdadera, no está basada en la Ley fundamental del universo. Nada nuevo hay en el amor. Es lo más antiguo del cosmos; sin embargo, son millones y millones los que piensan que amor es una sensiblería, una debilidad humana; que hablar de amor es cosa de tontos; que si algo bueno hay en el ser humano, está por el lado del intelecto y de las teorías, por la astucia, por el rendimiento material o por la fuerza bruta. Están como un hombre asfixiándose en una caverna, burlándose del aire puro, por eso jamás será suficiente todo lo que se diga acerca de la necesidad básica de los seres humanos, el amor. Hay quienes no lo ignoran, pero no lo ponen en práctica en sus vidas, o no lo suficiente; por eso no logran la felicidad. Jamás será suficiente todo lo que se haga por recordar a la gente cuál es la necesidad fundamental de las personas, de las sociedades y de los mundos.

—¿De los mundos?

—Sólo cuando un mundo reconoce en el amor la única fuerza que puede salvarlo de la destrucción, sólo entonces puede sobrevivir. Mientras la humanidad de un planeta no considere al amor como el fundamento de su civilización, está en peligro de autoaniquilamiento, porque hay confusión y rivalidad. Eso está ocurriendo en vuestros mundos. Por eso vuestras misiones son importantes. En realidad, en estos momentos críticos no existe labor más importante que la de contribuir a salvar la humanidad.

16

Los padres de Ami

En una pantalla apareció una sonriente niñita de unos ocho años de edad. Nos miró amistosamente.

Ami musitó una palabras en su idioma que parecía consistir sólo en variedades de soplidos, siseos y susurros muy suaves. La niña de la pantalla respondió en la misma forma. Por el audífono traductor nos llegó el significado del diálogo:

—Hola, mamá —dijo Ami, para nuestra sorpresa.

—Qué bueno que regresaste, hijo. En estos momentos termino de preparar un pastel de cereales. Puedes venir con tus amiguitos. ¿De dónde son ellos?

—Provienen de mundos incivilizados que intentan tener el nivel necesario para ingresar a la Confraternidad. Participan en el plan de ayuda. Ella es Vinka.

—Hola, Vinka —saludó la niña que, al parecer, era la madre de Ami.

—Y éste es Pedrito.

—Hola, Pedrito. Hummm. Veo que tú y Vinka son almas gemelas; sin embargo, provienen de mundos diferentes. ¿Cómo es eso posible, hijo?

—Participan en la misión de ayuda para dos planetas, de los cuales provienen, pero ellos son originarios de mundos de la Confraternidad.

—Entonces debe hacérseles duro el estar tan separados. Son tan jóvenes... —dijo, mirándonos con ternura. Me pareció extraño escuchar a una pequeña niña diciendo que nosotros somos tan jóvenes...

Ami observó en silencio a su madre. Supe que se comunicaban, telepáticamente. La niña pareció haber comprendido algo, porque dijo:

—Luchen, niños. Luchen por llevar la paz, la unión y el amor a vuestros mundos. Tendrán muchas dificultades, incomprensiones, pero el mayor poder del universo estará de vuestro lado. Al final, la semilla fructificará llevando paz y unión. Cuídense mucho de las tentaciones de vuestros mundos materiales. Procuren recordar por qué están donde están. Intenten rememorar de donde vienen. Eviten que sus almas se inclinen hacia lo transitorio. En vuestros mundos reina la ilusión, la mentira. Ustedes, manténganse en lo real, en la verdad, en el amor. Sean inocentes como niños, pero no incautos; sino precavidos. Deberán mantener un difícil equilibrio entre inocencia y cautela, entre paz y autodefensa. Que la maldad que les rodea no les haga perder vuestro espíritu infantil, porque sólo manteniendo ese espíritu podrán salvarse ustedes y las humanidades de vuestros mundos, pero que vuestra natural inocencia no les haga cerrar los ojos a la maldad que les acecha por todos lados, para que no sean engañados y debilitados. Manténganse en el equilibrio salvador: "*los pies en la tierra, la mirada en lo alto y el corazón en amor*". Esa es la fórmula.

—Suficiente por hoy —dijo Ami de buen humor—. Si continúas dándoles consejos, sólo conseguirás que olviden todo. No me los intoxiques con datos.

—Estos niños me entusiasmaron. Es muy hermoso poder servir a tantos millones de almas que se encuentran en oscuridad. ¡Tienen un gran privilegio!

—Sí, pero recuerda los mundos incivilizados, los insectos, las serpientes, arañas y mambachas... No. Esas pertenecen a mundos prehistóricos. Recuerda la tortura, los fusiles y ametralladoras, la energía atómica destruyendo seres humanos, violentando la naturaleza; la contaminación, los que mueren de hambre, los adormecidos, los grandes intelectuales ignorantes del amor.

—Y los terri —dijo Vinka con disgusto. Para ella, todo lo malo de la existencia se resumía en ese pueblo.

—¿Quiénes son los terri?

—Son los que frenan el proceso evolutivo de Kía. Seres equivalentes a los terri están en todos los planetas incivilizados —explicó Ami—. Aunque no todos los terri son terri...

—Sí. Ya los recuerdo, y también todo lo que antes mencionaste. Aun así, es hermoso dedicar una encarnación al servicio, donde es tan necesario.

—Pero recuerda que a esa encarnación de servicio se ingresa olvidado de todo, inclusive de la importancia del amor. Además, desde niño se reciben enseñanzas erróneas, malos hábitos, supersticiones. Todo eso es un obstáculo capaz de hacer caer más bajo. Es una misión peligrosa.

—Tienes razón, hijo. Es muy peligrosa si no se cuenta con la fuerza debida, por eso, ustedes deben cuidarse mucho. Actúen siempre guiados por el amor y no podrán extraviarse.

Ami quiso pasar a otro punto.

—Bien, ya conocen a mi madre.

—Ella parece una verdadera niñita, pero cuando habla, se ve que no lo es... —expresó Vinka.

—No se guíen por la apariencia externa. ¿Quieren conocer a mi padre?

—Por supuesto —dijimos, esperando ver aparecer otro niño como Ami.

—Veré si consigo localizarlo en la pantalla. ¿Lo has visto últimamente, madre?

—Sí. Todas las noches se comunica conmigo. Está en Kyria ensayando un nuevo condensador de ondas cerebrales.

—Entonces debe estar en el laboratorio. Mi padre es un científico —nos explicó.

—Todos somos "científicos" —precisó la madre de nuestro amigo—. También ustedes: practican y estudian la ciencia de vivir.

—Hola, papá —dijo Ami a un hombre que apareció en una pantalla lateral. Pensamos que era una broma, porque el individuo pertenecía a una variedad humana absolutamente diferente a la de Ami y su madre. Era un pálido adulto carente de cabellos. Tenía el cráneo abultado y la mirada muy penetrante.

—Cómo estás, hijo. Humm. Esos amiguitos tuyos pertenecen a mundos del tercer nivel. La niña, seguramente proviene del segundo planeta de Mariposa Cristalina, el niño es del tercer planeta de Aguila Dorada.

—Tienes toda la razón, padre.

—Mi mundo se llama Tierra, y nuestro sol no se llama Aguila Dorada...

—En la Confraternidad tenemos catalogado cada objeto celeste con un nombre y con un código especial —explicó el padre de Ami.

—No confundas a nuestros amigos, viejo. Ya bastante los ha enredado mi madre.

—No les causará mucho problema el saber que cada objeto y cada ser humano están catalogados con un código y un nombre...

Vinka no ocultó su sorpresa.

—¡Cada ser humano!

—Les hablé de una "super computadora" localizada en el centro de la galaxia —dijo Ami.

—Sí, y también dijiste que lo sabía todo.

—Algo así. Otra de las razones por las cuales la Confraternidad está constantemente observando los mundos incivilizados, consiste en dar datos a la "super computadora".

—Entonces, todos estamos "fichados" —deduje.

—"Hasta vuestros cabellos están contados", pero no se trata de una vigilancia estilo policial; sino de protección. Les observamos como un hermano mayor a su hermano menor.

—Yo pensaba que Dios lo hacía todo —dijo Vinka.

—Dios no hace nada —manifestó el padre de Ami.

No supimos si estábamos escuchando una herejía. Ami se divertía observando nuestras reacciones. Luego de reír un poco, dijo:

—Si un labrador quiere una buena cosecha y simplemente se dedica a rogar a Dios, pero no siembra la tierra, no la riega ni la abona, por mucho que rece ¿Obtendrá alguna cosecha?

—Bueno, en ese caso, no, pero uno siempre espera la ayuda de Dios...

—Si lanzas una piedra hacia lo alto, caerá sobre tu cabeza, aunque pidas ayuda divina.

El hombre de la pantalla intervino:

—Si siembras flores, obtendrás flores. Si siembras espinas, eso obtendrás.

—Entonces —pregunté—, ¿qué hace Dios?

El niño de Muñeca Galáctica explicó:

—Diseña todo este juego cósmico, con las leyes que lo rigen y pone la energía fundamental: su Espíritu de Amor, en todas las cosas y en todas las almas, pero de allí en adelante somos nosotros quienes actuamos, y no El.

—¿Por qué Dios permite las guerras y la injusticia? —preguntó Vinka.

—No es Dios quien lo permite —respondió Ami.

—¿Quién, entonces?

—Ustedes mismos son quienes crean y permiten las guerras y la injusticia.

Traté de buscar mil objeciones a esa afirmación, pero no encontré ninguna. El tenía razón. Tantas veces escuché en mi mundo esa pregunta. Muchos decían "castigo divino". La explicación de Ami me pareció mucho más creíble, sobre todo luego de haber aclarado que Dios no hace nada, que somos nosotros quienes debemos actuar.

Vinka preguntó algo que me tenía hacía rato perplejo:

—¿Cómo es posible que él sea tu padre? Ustedes parecen pertenecer a mundos muy diferentes.

—Tienes razón. Yo nací aquí, mi padre nació en Kyria.

—Entonces, es un matrimonio entre seres de mundos distintos.

—Error. Lo que observan de mi padre es su nueva encarnación. Poco después de que yo naciera, él estuvo listo para ir a nacer a Kyria. Dejó el viejo cuerpo, nació, creció, y ahora es un científico. Nos pusimos en contacto, como puedes ver. Esta vez mi padre es bastante más joven que yo...

—Y que yo —dijo la madre de Ami—. Todavía no me acostumbro a verlo con esa apariencia de Kyriano, aunque en el fondo, es el mismo.

Vinka preguntó si habían vuelto a casarse con otras personas. Ambos, uno en cada pantalla, mostraron extrañeza por la pregunta de la niña. Miraron a nuestro amigo como pidiendo una explicación. Este, como de costumbre, volvió a reír.

—Ustedes olvidan que en los mundos inferiores es tremendamente raro que los matrimonios se realicen entre almas gemelas, por eso, allá es muy normal hablar de separaciones, engaños, o casarse con varias personas a lo largo de la vida. Ellos ni siquiera saben qué ocurre cuando dos almas complementarias se encuentran, por eso su pregunta.

—¿Qué es lo que ocurre en ese caso? —pregunté.

—Que no se pueden unir a otras personas.

—¿Por qué? ¿Lo prohibe alguna ley?

—Sí, la Ley del amor, pero no es algo impuesto. Es que sencillamente no se puede reemplazar el alma gemela por ninguna otra, en todo el universo.

Vinka me miró. Estuvimos plenamente de acuerdo.

El padre de Ami observó desde su pantalla hacia la otra, en la que estaba la imagen de la madre de nuestro amigo.

—A propósito. ¿Cuándo aparecerás por Kyria? Todos los días estamos unidos en espíritu, pero quisiera estar contigo también en forma física. Formar una familia, tenerte a mi lado todo el tiempo. —Su voz sonaba cariñosa y su mirada irradiaba ternura.

—Tú sabes que nada quiero más que eso: volver a estar contigo, pero todavía no he podido adaptar mi alma al nivel necesario para encarnar en Kyria. Si dejo ahora este cuerpo, puedo no llegar a tu lado, sino a otro mundo; por eso estoy constantemente practicando los ejercicios que me permitirán llegar a Kyria. Creo que me falta muy poco, pero ya, amor mío, he dejado de someterme al rejuvenecimiento celular. Debemos tener paciencia.

El diálogo continuó en esa forma algunos minutos. Ambos manifestaban su mutuo amor en forma tan abierta, que me sentí incómodo por estar participando de una conversación muy íntima. Miré hacia el suelo sintiéndome un intruso, pero Vinka estaba embelesada, tanto, que unas lágrimas asomaron a sus ojos. Me miró. Sentí una gran emoción. Comprendí a los padres de Ami, porque algo muy sólido, hermoso y profundo nos estaba uniendo también a nosotros.

—Eso significa ser complementarios —dijo Ami al captar lo que nos estaba ocurriendo.

—¿Qué quieres decir? —pregunté.

—Que ella tiene lo que te falta, y tú, lo que le falta a ella. Unidos forman un ser humano completo.

—¿Qué es lo que yo le aporto a Vinka?

—Tú le activas el intelecto, ella te despeja la emoción... El tiempo se termina. Debemos irnos.

—Pero quisiéramos conocer tu mundo...

—Ya vieron algunos lugares de la parte exterior de él. Conocieron a mis padres, mi pueblo; pero recuerden que su gente les espera.

—¿Qué quisiste decir con eso de "la parte exterior"? ¿Es que hay otra?

Ami sonrió, luego dijo:

—En la Tierra ya viajan a millones de kilómetros hacia el espacio, hacia afuera, pero no saben qué pasa a sólo pocos kilómetros bajo sus pies, adentro del planeta. Lo mismo ocurre con las personas: miran hacia afuera de ellas mismas, pero jamás echan un vistazo a su interior. Siempre son "los demás" los culpables o causantes de lo que les ocurre. Ignoran al ser interno. A ése jamás le prestan atención; sin embargo, es él quien va tejiendo sus destinos. Otro día les hablaré de eso. Por el momento, sus mundos están a punto de reventar para siempre. La primera prioridad la tiene la salvación de vuestros planetas. Cuando ya todo esté bien, cuando los niños tengan pan y no les amenace la guerra, entonces tendrán tiempo para internarse en las profundidades del ser y del cosmos, del espíritu y de la ciencia. Por ahora, *con lo que ya saben* basta para construir un mundo más humano. Negar esfuerzos en esa lucha, con cualquier excusa, incluso espiritual, tiene algo de egoísmo y complicidad.

El padre de Ami, atento a las palabras de su hijo intervino:

—Sí, porque "espiritual" se refiere al ser interno, el cual es todo amor, y como es amor, no permanece indiferente ante el sufrimiento ajeno.

—Por eso, espiritualidad significa simplemente amor —dijo Ami.

—¿Es necesario decir algo tan obvio? —preguntó su madre.

—En los mundos incivilizados no es algo tan obvio. Muchos piensan que espiritualidad significa complicados ejercicios mentales y nada más; otros, que quiere decir retirarse del mundo, mortificarse, purificar el cuerpo, vivir orando, o tener alguna fe, pero nada más. Todo eso, cuando no hay amor, no vale nada. Si hay amor, éste debe convertirse en obras de servicio desinteresado. Ahora que vuestros mundos corren el riesgo de aniquilarse, ningún servicio puede ser más útil que buscar la paz y la unión.

Me sentí bien por tener el privilegio de estar en otro mundo, recibiendo enseñanza de parte de seres extraterrestres, también por conocer la Ley fundamental del universo y por ser un misionero prestando servicio en la Tierra. El hecho de estar allí, conversando con esos seres, me hizo creer ser uno de ellos, casi tan evolucionado. Pensé en el planeta al que debería volver, en mi primo, y me sentí superior a él. En eso pensaba cuando Ami dijo:

—En el camino del perfeccionamiento, el último enemigo a vencer es el más ladino de todos. Es difícil descubrirlo, porque se disfraza como ese animalito de la Tierra, ¿cómo se llama? Uno que adquiere el color del lugar en donde se encuentra parado.

—El camaleón —respondí.

—Ese mismo. El último defecto que se pierde es como el camaleón. Su nombre es orgullo espiritual, o ego espiritual. Ataca justamente a quienes se sienten muy avanzados en el camino. Cuesta descubrirlo, pero hay una fórmula.

—¿Cuál es esa fórmula?

—Cada vez que te descubras menospreciando a alguien por pensar que tiene "poca evolución espiritual", ahí está. El ego espiritual nos hace sentir muy evolucionados. Sutilmente nos lleva a despreciar a los demás. Pero el amor no desprecia a nadie y a todos quiere servir. Esa es la diferencia.

—Entonces, quienes tienen mucho ego espiritual son bastante despreciables —dije, recordando a un compañero de colegio que critica a quienes no van mucho a misa y se cree un santo.

Ami rió a causa de lo que dije. Su madre sonrió, mirándome con algo de ternura, pero ni yo ni Vinka supimos qué hubo de cómico en mis palabras. El padre de Ami observaba con su mirada luminosa, mostrándome simpatía.

Sentí algo de rubor.

—¿Qué dije de malo?

—"Son despreciables quienes desprecian". Eso es como decir que se debe matar a quienes matan, o robar a quienes roban; castigar con la pobreza a los pobres o con la ignorancia a los ignorantes...

No logré comprender con claridad lo que quiso decirme.

—Pedrito, el amor no puede despreciar a nadie, ni siquiera

a quienes tienen vanidad espiritual. El amor es comprensivo. Procura servir, y no condenar, como no condena un padre a su hijo por sus pequeños errores. La vanidad espiritual es simplemente uno de los escalones que se debe superar para llegar a las setecientas "medidas". Por otro lado, ¿qué parte tuya es la que desprecia el ego espiritual en los demás? ¿No es justamente tu propio ego espiritual? Si en lugar de ver impurezas condenables en los demás, ves errores superables, entonces estás limpio, pero mientras tengas algo que condenar, no estás limpio.

Vinka protestó:

—Pero los terri son realmente condenables. Nosotros, los swama, queremos vivir en paz, pero ellos, debido a su ambición, egoísmo, violencia y deshonestidad, tienen a Kía al borde de la destrucción. ¿Eso es algo como para aplaudir o condenar?

—Los terri, al igual que quienes tienen vanidad espiritual, se encuentran en proceso de perfeccionamiento, más arriba o más abajo. Todos somos estudiantes en la escuela de la vida. No es condenando los errores del pasado como se construye un mundo nuevo; sino proponiendo soluciones nuevas, buenas para todos, y luchando por llevarlas a la realidad. Así se ha logrado la salvación de todos los mundos que han ingresado a la Confraternidad, aunque, tal vez para Vinka resulte más convincente poder eliminar de Kía, a los terri. ¿Verdad, amiguita? —preguntó riendo Ami. Ella se ruborizó al comprender que nuestro amigo estaba al tanto de sus pensamientos más íntimos.

—Otra que quiere el ojo por ojo —reía el niño de las estrellas.

Vinka se defendió:

—Mientras exista un terri, no podremos construir un mundo en paz. Ellos no lo permitirían. No puede establecerse un sistema basado en la honestidad mientras exista gente deshonesta.

La vehemencia de Vinka hacía mucha gracia al niño extraterrestre. A mí me produjo admiración. Se veía bonita así, un poco enojadita...

—Kía se encuentra, al igual que la Tierra, a punto de pasar del tercero, al cuarto nivel evolutivo —dijo Ami.

El padre de éste intervino:

—Mundos del primer nivel son los que no cuentan con vida. Los del segundo nivel tienen vida, pero todavía no humana. En el tercer nivel evolutivo aparece el hombre. En ese nivel están vuestros mundos.

—¿Y cuál es el cuarto nivel? —pregunté.

—En esos mundos la especie humana se ha unido y forma una gran familia que vive de acuerdo a los principios universales. No todos los mundos logran pasar la prueba. Algunos se destruyen en el intento.

—¿Qué prueba?

—La que debe superar cada humanidad para ingresar al cuarto nivel evolutivo. Las pruebas están hechas para que algunos las pasen y otros fracasen. Es una selección.

—¿Qué tiene que ver todo eso con lo que dije acerca de la imposibilidad de formar un mundo pacífico, con gente deshonesta, como los terri?

—Cada vez que un planeta intenta pasar de un nivel a otro se producen fenómenos que antes no se conocían —explicó Ami—. Es como si el mundo entero se sacudiera y desperezara. Eso genera energías y vibraciones nuevas, más finas y elevadas. Estas radiaciones tienen un doble efecto. A unos les enloquece. Quienes se encuentran en bajos niveles evolutivos terminan por cometer errores mortales. Así los seres negativos se van autoeliminando. Para otros, en cambio, esas nuevas energías les permiten subir a un nivel superior. Es así como los planetas se desprenden de las criaturas que ya no les son útiles ni convenientes para su evolución. ¿Cómo crees que desaparecieron de tu mundo los grandes reptiles prehistóricos y las plantas carnívoras? Eso ocurrió cuando apareció el ser humano, cuando se pasó del segundo al tercer nivel evolutivo. La teoría dice que los más fuertes sobreviven. Esos reptiles eran los más poderosos: sin embargo, desaparecieron todos...

La explicación de Ami me dejó con curiosidad.

—¿Por qué desaparecieron? Eran los más fuertes...

—Sí, en garras, músculos y colmillos, pero la inteligencia es superior. El ser humano, a pesar de ser más débil en poder físico, es más fuerte en inteligencia. Sobrevivió el fuerte, el hombre. Ahora el proceso se repetirá, pero no será el músculo ni el intelecto lo más fuerte.

—¿Qué será, entonces?

—La fuerza del espíritu, el amor. Al resto le ocurrirá lo que a los dinosaurios... y cuando las fuerzas pacíficas se unan, llegarán a ser el poder más sólido de vuestros mundos. Simplemente porque no hay otro capaz de evitar el aniquilamiento de vuestras civilizaciones. No seas pesimista, Vinka. El amor triunfará, porque el amor es el poder mayor del universo.

17

El motín

Nos despedimos muy afectuosamente de los padres de Ami, para emprender rumbo a no sabíamos qué sorpresa.

Quise conocer la velocidad de aquella nave, recordando que la luz viaja a trescientos mil kilómetros por segundo.

—¿A qué distancia de la Tierra está Ofir? —pregunté.

—A unos ochocientos billones de kilómetros —respondió Ami.

Intenté buscar una fórmula para calcular la velocidad. En aquel viaje habíamos demorado unos diez minutos, pero se me enredó la cabeza con esas cifras tan grandes.

—Si buscas calcular la velocidad a la que nos movemos, pierdes tu tiempo. Nosotros nos "situamos" instantáneamente.

—Sin embargo, aunque pocos minutos, algo de tiempo nos toma ir de un lugar a otro. ¿Por qué dices que no tardamos nada?

—No dije eso —respondió riendo—; sino que nos "situamos" instantáneamente. El tiempo que empleamos es utilizado por los mecanismos de esta nave en calcular la distancia, la posición del punto al cual queremos ir y la mejor forma de salir de la dimensión "no espacio - no tiempo" para luego aparecer en el punto deseado. Claro, cuidando no ir a parar al paso de un aerolito. ¡Ja, ja! Es un poco como bajarse de un carrusel para llegar más pronto al caballo situado al otro lado. Esperas que venga y luego te subes; sin embargo, esto es más rápido todavía...

Vinka, mostrando poco interés en el asunto, preguntó:

—¿Dónde nos llevas ahora, Ami?

—A tu casa, a Kía.

—¡Tan pronto! —expresó alarmada. Yo sentí un peso en el estómago. Aquello tenía algo de patíbulo, de hora fatal. En pocos minutos perdería una compañía tan tibia... Como si fuera algo de mí mismo. Sentí algo peor que si me fuesen a cortar un brazo. Estaba igual que quien ha pasado frío mucho tiempo y de pronto es invitado a una casa con chimenea encendida y chocolate caliente en taza, pero cuando comienza a disfrutar de la situación, ¡para fuera!... Yo no lo iba a permitir.

—¡Si Vinka se queda en Kía, yo también! —dije, muy decidido a no separarme de ella. Mi bravata sólo causó mucha risa a nuestro amigo.

Utilizó un tono paternalista que no me gustó nada:

—Pedrito, Vinka, deben ir acostumbrándose al desapego. La vida no es como nosotros queremos desde nuestro yo superficial, sino desde nuestro ser interno, el cual está en perfecta armonía con Dios.

—¡En mí existe un solo yo: **yo**! —expresé desafiante—, y yo no voy a separarme de Vinka porque un niñito menor que yo me lo ordena. Muy de otro mundo serás, muy piloto de naves espaciales, pero eres menor que yo, así que **yo** mando mi vida, y **yo** me quedo con Vinka. Y si no me quedo en Kía, entonces ella se viene conmigo a la Tierra. ¿Verdad, Vinka?

—Verdad, Pedro —dijo, con mucha fuerza—. Así se habla. Seguiremos juntos y ningún niñito de biberón nos lo impedirá...

Nos miró con ojos grandes y serenos. Una sonrisa se pintó en sus labios y dijo:

—Yo pensé que los terri estaban en Kía...

Aquello nos paralizó. En forma inmediata comprendimos que estábamos actuando como los terri. Eso no podía ser. Cuando solté la tensión, miré con vergüenza hacia el piso. Poco después levanté la vista:

Ami ya no era Ami. Se había transformado en un ser luminoso, de una pureza maravillosa.

Me sentí sucio, enano, insecto y microbio. Bajé la mirada,

incapaz de soportar la fuerza de aquellos ojos llenos de luz. Ami se había transfigurado, se había sacado una máscara que le hacía aparecer como un niño normal, para luego mostrar al verdadero Ami: un ser resplandeciente, divino tal vez...

Vinka sollozaba junto a mí. Tampoco ella fue capaz de levantar la vista. Le había ocurrido lo mismo.

—¿Por qué nunca mostraste quién eras realmente? —pregunté, mirando hacia el piso, buscando en vano justificar mi sucia y poco respetuosa bravata.

La risa de Ami restó dramatismo al momento.

—Yo no sé de qué rayos hablas. Mírame. Dime si ves algo extraño en mí.

Lentamente y con gran temor comenzamos a levantar la mirada. Allí estaba él, sonriendo con naturalidad. Ya no era aquel niño resplandeciente, sino simplemente Ami, nuestro amiguito espacial; pero no, ya no era el mismo. Aún perduraba el recuerdo del "otro". Ahora sus rasgos habituales mostraban una puerta de entrada hacia "el otro"; por eso, aunque su apariencia no tenía nada anormal, inevitablemente me recordaba que tras ella se ocultaba un ser de características extraordinarias.

Vinka avanzó hacia él, queriendo arrodillarse ante su presencia.

—¡Dale con la idolatría! —exclamó riendo mientras le impedía caer de rodillas.

—Sólo ante Dios podemos arrodillarnos; no ante un hermano, aunque sea mayor, y como Dios no es visible con los ojos, sólo en la intimidad, en la soledad de la comunicación interior, en la meditación o en la oración podemos arrodillarnos ante su presencia invisible. Vengan. Quiero que conozcan otro recinto de esta nave. Allí podrán comunicarse con la Divinidad Suprema.

Nos guió hacia una puerta. La abrió. Era corrediza. La habitación estaba en penumbras, excepto por una única luz muy pequeña que brillaba al fondo. Luego ingresamos.

—Todas nuestras naves tienen salas como éstas, pequeñas o grandes, depende de la cantidad de personas para las cuales la nave esté construida.

Ami cerró la puerta. Al habituarme a la escasa luz observé cuatro sillas adosadas al piso por un pilar delgado, dos a cada lado del recinto. Al fondo, frente a la pequeña luz, divisé una especie de almohadón bastante alargado. Me pareció estar en una capilla.

La voz de Ami adquirió un tono más solemne.

—Pueden arrodillarse, allá, al fondo. Si prefieren pueden permanecer sentados en una silla. Aquí meditamos u oramos. Lo primero es mejor. En la oración somos dos. En la meditación somos uno con la Divinidad. Nos fundimos en ella.

Escogimos arrodillarnos. Creo que lo necesitábamos. Cuando nos instalamos sobre el almohadón, Ami accionó alguna cosa. El recinto se iluminó suavemente con los colores más hermosos que uno pueda imaginar: una gran variedad de rosados, dorados, lilas y violetas que danzaban en las paredes entremezclándose. Sentí la impresión de estar en otra dimensión. Vinka observaba con una sonrisa de encanto en los labios. Poco a poco la influencia de los colores me hizo sentir algo extraño, algo como un deseo de refugiarme dentro de mí mismo, de cerrar los ojos y entregarme a una presencia que comencé a sentir. Algo muy grande y bello. No supe si dentro o fuera de mí...

Tal vez el último pensamiento que tuve fue el de darme cuenta de estar en una nave cósmica, fuera del espacio y del tiempo, perdido en el universo, pero, al mismo tiempo, en el centro de él, porque estaba comunicándome con el corazón mismo de la Creación. Más adelante no fueron pensamientos los que llenaron mi conciencia, sino vivencias que no pasaban por mi intelecto, que llegaban directamente al fondo de mi ser. Ya no estaba pensando; sino viviendo intensamente aquello.

Una luz dorada me envolvió, pero esa luz era un ser. Me sentí grande, cada vez más grande, infinito, eterno. Pura felicidad consciente. Ninguna pregunta vino a mi mente, porque yo tenía todas las respuestas...

Hoy no recuerdo cómo ni qué, pero en aquellos instantes yo lo sabía todo: pasado, presente y futuro. El mío y el del universo. Más que eso: yo era el centro del cosmos. Yo estaba al mando. De mí emanaban las galaxias y las almas, luego volvían en una especie de ritmo, de pulsación que parecía ser mi respiración; sin embargo, yo estaba más allá de eso. En mi centro había una gran quietud llena de dicha, plenitud y sabiduría. Allí estaba mi paz... Es muy difícil describir aquello, pero supe que todo estaba bien en todas partes, todo perfecto, todo maravilloso. Incluso el sufrimiento estaba bien. A la larga, visto desde muy arriba, abarcando un gran período de tiempo, estaba bien. Era enseñanza, purificación, consecuencia del error, fortalecimiento. Pude comprender que el sufrimiento es causado por el olvido, el olvido... ¿De qué? No supe la respuesta. Mi conciencia estaba volviendo a su nivel normal. Entró en juego mi intelecto ordinario con sus preguntas. Allí perdí las respuestas...

¿El olvido de qué? Sentí mi cuerpo, mis rodillas pesadas sobre un almohadón. Una parte mía no quería volver a ese pequeño cuerpo, pero otra me impulsaba a hacerlo. Quería dejar de estar allí y volver "al mando", a ese punto central lleno de sabiduría ilimitada, para obtener la respuesta. "El sufrimiento es causado por el olvido de... ¿de qué?".

Lograba por instantes repetir la experiencia, pero una fuerza me sacaba de allí, devolviéndome a la nave y a mi pesado cuerpo.

"Recuerda tu misión", parecía decir una voz. "Tu misión es abajo". Yo lo sabía, pero no quería recordar. Me rebelaba. Quería subir. "Para poder subir es necesario primero bajar", decía la voz interior.

No lograba recordar cuál era el olvido que causaba el sufrimiento.

—El olvido del verdadero yo, del ser interno —dijo Ami, junto a mí.

Era la respuesta que necesitaba. Eso logró hacerme decidir volver definitivamente a la nave, al recinto, a mi cuerpo.

Cuando abrí los ojos, los hermosos colores habían desaparecido. Sólo permanecía la pequeña luz frente a mi vista. Vinka me esperaba de pie junto al niño de las estrellas, con los ojos húmedos de emoción.

Poco a poco fui adaptándome a mi realidad habitual, a mi ignorancia habitual, con mis errores habituales.

—El olvido del ser interno —dije, para intentar recordar el sentido de esas palabras que iban perdiendo significado para mí.

—Esa es la causa que nos hace cometer errores —dijo Ami—. Luego, esos errores debemos pagarlos con sufrimiento.

—No comprendo... ¿Cuál es mi ser interno?

—La Divinidad —respondió, ayudándome a levantar.

Mientras dejábamos aquella especie de capilla espacial, intenté recordar lo que había vivido, el punto central de dicha y sabiduría ilimitadas.

—Eso mismo. Intenta no olvidarlo jamás. Ese es el ser interno. Si pudieras actuar siempre desde esa parte de ti mismo, no cometerías errores, por lo tanto, no sufrirías.

—Tienes razón, Ami. Experimenté algo donde yo era todo sabiduría.

—Donde yo era todo amor —dijo Vinka, con emoción.

—Sabiduría y amor. ¿Ven? Por eso son una pareja complementaria. Cada uno de ustedes manifiesta una parte de la Divinidad.

Ami se dirigió a los controles de la nave.

—Miren. Ya estamos llegando a Kía. Espero que no vuelvan a formar un motín, ¡ja, ja, ja!

Sus palabras nos hicieron recordar nuestra ofensa hacia él, y luego su cambio de niño normal a resplandeciente.

—Explícanos, por favor, ¿cómo se produjo ese cambio en ti?

—El cambio mayor se produjo en ustedes. Lograron ver durante un instante las cosas tal como son. Más allá de las apariencias. Todos somos algo más de lo que parecemos, todos somos seres luminosos, pero sólo en ciertos momentos podemos captar la verdadera dimensión nuestra o de los demás. Como estaban actuando muy mal, vuestro ser interno les hizo ver que procedían erróneamente, pero ustedes sólo querían defender vuestro amor, no separarse. El amor es una de las mayores causas de violencia...

Vinka y yo nos miramos, confundidos ante una afirmación tan aparentemente absurda.

—Por amor la loba se vuelve una fiera ante quienes pueden atacar a su cría. Por amor a los suyos, los hombres suelen ser crueles y egoístas hacia los demás. Por ese tipo de amor se forman las guerras, y por esa forma de amor vuestros mundos están en peligro.

—Es un falso amor —dije, creyendo haber comprendido.

—No es falso; es amor, sólo que en una modalidad más baja, en un grado menor. Nosotros le llamamos apego. Por apego se roba, se miente y se mata. Querer sobrevivir es una forma de amor, pero sólo hacia sí mismo, hacia el pequeño grupo familiar, hacia el bando al que se pertenece. Lamentablemente, esa batalla por la vida en la que tantos luchan entre sí, les tiene a todos a punto de perder la vida... Esas son las consecuencias del apego exagerado.

—Tienes razón, Ami —dijo Vinka, meditativa—. Creo que incluso los terri actúan motivados por ese tipo de amor, y no por maldad.

—¡Excelente, Vinka! Sólo con esa comprensión se puede cambiar las cosas. Desde un alto punto de vista. Fuera de los bandos que luchan con violencia.

—Lamentablemente, la lucha entre los terri wacos y terri zumbos tiene en peligro a mi pueblo, los swama.

—Existe un solo pueblo en Kía: el formado por terris y swamas. Ese es tu pueblo.

Para Vinka, esa idea resultaba demasiado nueva. Yo la comprendí.

—Es natural que se incline por los swama: es su gente...

—Otra vez el amor inferior, el apego. El propio bando, en contra de los demás. El apego es amor limitado, pero el verdadero amor no tiene límites. Hasta el momento, los pueblos de vuestros mundos han sobrevivido mediante el apego, pero ahora intentan pasar del tercero al cuarto nivel evolutivo. Si quieren sobrevivir, deben dejar de lado el apego y guiarse por el verdadero amor. De otra forma se destruirán sin remedio. Esto es ley universal. El apego funciona más o menos bien en los mundos divididos, *pero sólo mientras esa división no hace peligrar a la humanidad entera, mientras el nivel científico no es muy alto.* Después, como en el caso de vuestros mundos, o dejan de lado el egoísmo, o se destruyen. No es posible llegar a construir un mundo justo y en paz, sin renunciar a ese amor desequilibrado y egoísta que es el apego.

—¿Por qué es desequilibrado?

—Porque el amor tiene dos modalidades: hacia uno mismo

y hacia los demás. Es como la respiración: el aire viene y va. Cuando hay apego, es como si se inspirara más de lo que se expele. "Todo para mí". Más hacia lo propio, la familia, el bando; menos hacia los demás. Eso no es equilibrado.

—Ama a tu prójimo como a ti mismo —dije, repitiendo una lección de las clases de religión.

—Eso lo dijo el Justo. ¿Cómo es que tú lo sabes? —preguntó Vinka.

—¿Quién es el Justo? —pregunté.

—Un gran Maestro de la historia de Kía.

—Esa es una ley universal, es lo que trato de explicarles, es el amor verdadero, el equilibrado. Tanto hacia nosotros mismos, y tanto hacia los demás, y siempre en la misma medida, para que no exista desequilibrio.

Pregunté qué pasa cuando hay más amor hacia los demás, y menos hacia sí mismo.

—También allí hay desequilibrio. Es como expulsar todo el aire, sin inspirar. En pocos minutos te quedas tieso...

—Equilibrio pareciera ser una palabra muy importante —dijo Vinka.

—Ama a los terri tanto como a los swama —expresó Ami, sonriendo.

—Trataré. Realmente lo intentaré.

El tablero indicaba que la nave no era visible para los ojos de la gente de Kía. Nos encontrábamos suspendidos en las afueras de una ciudad muy parecida a cualquiera de las de la Tierra. No me interesé en observar: se acercaba el momento de separarnos. "Quién sabe hasta cuándo", pensé tristemente, con opresión en el pecho.

—Hasta que termines el próximo libro —dijo Ami—. Podría llamarse algo así como "Ami regresa otra vez".

—Tendrás muchos conocimientos y poderes —dije—, pero, por lo visto, la gramática no es tu fuerte.

—¿Por qué, Pedrito?

—Porque si dice "regresa", no es necesario decir "otra vez". Eso se sobreentiende. Basta con decir "Ami regresa".

—Tienes razón. El lenguaje no es mi fuerte. Ello se debe a que nosotros prácticamente no lo utilizamos. Preferimos la telepatía. Es más segura y exacta.

—Pero tú conversabas con tus padres...
—Sí, pero por cortesía hacia ustedes. Cuando llega una visita que no habla nuestro idioma, debemos utilizar el lenguaje de la visita, si es que lo conocemos.

Hoy no sé cómo recuerdo esos detalles de la conversación. Mi atención estaba puesta en la triste despedida, pero cuando le dicto a Víctor, los recuerdos llegan. Bueno, Ami dijo que estarían telepáticamente ayudándome...

18

Caros armamentos

—Te esperan allá abajo. Tu familia —recordó Ami a Vinka.

—Mi familia me importa menos que Pedrito —dijo ella, mientras nos tomábamos de las manos.

—No hablo de tu pequeña familia, sino de tu gran familia: la humanidad de Kía. Recuerda la misión, el compromiso que contrajiste antes de venir a este mundo. Si personas como tú no difunden las buenas nuevas acerca de nuestra presencia en un plan cósmico y divino, motivado por amor, continuarán pensando que somos monstruos invasores, y nosotros somos incapaces de no sentir dolor si nuestra presencia va a causar terror e infartos cardíacos. Y si nadie contribuye a sembrar amor ¿cómo evitarán la destrucción?

—Tienes razón, Ami, pero mi nuevo lazo con Pedrito...

—No es nuevo; es eterno, y tienen la eternidad para realizarlo. Por el momento, deben cumplir con vuestros compromisos, más tarde volverán a verse.

—En otra encarnación seguramente —expresé, bastante pesimista y deprimido.

—Les dije que una vez que escriban el próximo libro. ¿O piensan que soy un mentiroso?

Nos miramos con un brillo en la mirada.

—¿En serio?

—Claro. Un día te pasaré a buscar. Iremos a Kía a traer a

Vinka y nos dirigiremos a conocer cosas que ni siquiera sospechan...

—¿Qué cosas? Dinos, por favor —dijo impaciente Vinka.

—Bueno, conocerán un planeta habitado en su exterior por una civilización del tercer nivel, es decir, como la Tierra o Kía, y por dentro una civilización del cuarto nivel. La primera no sabe que la segunda existe...

—¡Qué fantástico! —Las promesas de Ami nos hacían olvidar la separación que deberíamos soportar.

—¿Qué otra cosa nos mostrarás?

—Una civilización bajo un mar. También un mundo artificial, construido por humanos. Eso es algo que ni imaginan.

Nuestras bocas abiertas hicieron reír a nuestro anfitrión.

—Hay millones de ellos por el universo. Esa es la forma superior de civilización. Son, en realidad, gigantescas naves...

Luego de meditar un poco, dije:

—Yo pensaba que vivir en contacto con la naturaleza era la forma superior de civilización; pero tú dices que algo artificial lo es...

—Todo lo que el ser humano cree o ejecute *en armonía con la Ley del amor, es natural.* Cuando el hombre actúa en armonía con los principios eternos, el universo entero es su patrimonio y puede disponer de él para su felicidad, utilizando de toda la imaginación y tecnología que sea capaz de conseguir. Es igual con cada persona: lo que tu alma imagina, lo puedes y debes realizar, con esfuerzo, constancia y fe... Pero ustedes ni siquiera sueñan con erradicar los armamentos que pagan con hambre y sufrimiento. ¿Saben cuánto dinero se gasta en vuestros mundos, en armas, en sólo quince días?

—No tengo ni la más lejana idea —contesté.

—Dinero suficiente como para alimentar a la mitad de la población mundial durante... ¿Saben cuánto tiempo?

Intenté calcular. Quince días se llevan en armamentos dinero suficiente para alimentar a la mitad de la gente de la Tierra durante unos... Bueno. Tantas bocas. No supe.

—Yo pienso que un tiempo igual. Que si no se gastara dinero en armas durante quince días, todos podrían comer durante ese tiempo... ¡Si no se gastara dinero en armas nadie pasaría hambre! —dijo Vinka.

—Te equivocas. En quince días ustedes gastan dinero suficiente como para alimentar a la mitad de la población mundial durante, no quince días; sino *¡diez años!*... Sólo en gastos de guerra.

—¡No puede ser! —dijimos, entre alarmados e indignados—. ¿Sólo en armas?

—En todo lo que significa guerra: armas, investigaciones de nuevas armas, artefactos de guerra y todo eso. Es más todavía, porque muchos de los grandes gastos, disfrazados de "proyectos científicos", están destinados, a fin de cuentas, a intentar dominar al rival. Si no gastaran dinero en las armas, no sólo no habría nadie con hambre, además vivirían todos como ricos, ¡todos! Nadie pasaría hambre o frío. Los hospitales serían suficientes y cómodos. No existirían países pobres y países ricos. Todos estarían como reyes. Además, podrían dormir en paz, sin temer un futuro horrible para sus hijos.

—Entonces, yo propondré que mi país no tenga armas —dijo Vinka.

—Eso no se puede hacer todavía. La solución consiste en que todos los países, de común acuerdo, decidan unirse pacíficamente. Para eso es necesario ir mostrando ese gran ideal. Que sea un sueño que crece y crece, aunque por el momento hay obstáculos. Los países ricos se alimentan de los países pobres y...

—Dios no puede seguir permitiendo algo tan malo —dijo Vinka, con ardor.

—¡Y dale con que Dios hará las cosas! Dios es amor. El amor habita en vuestros corazones. Ese amor es el que se encargará de intentar poner vuestros mundos al derecho, pero deben hacerlo ustedes mismos, y por todos los medios pacíficos. Se trata más bien de enseñar que de imponer. Se trata de mostrar un camino para que luego pacíficamente y de mutuo acuerdo todos los sigan. No se trata de esperar que Dios o que otros lo hagan; sino de actuar. Esperando, lo único que llegará es alguien que active el botón...

—Y si eso ocurre, ¿ustedes no lo paralizarían con un rayo, para que no oprima el botón?

—Si ustedes lo permiten, ustedes lo merecen. Nosotros no podemos intervenir. Sólo podemos rescatar a los pacíficos, pero sólo a quienes sirven, a quienes intentan hacer algo por difundir e irradiar unidad, paz y amor. En estos momentos críticos esas necesidades son las mayores.

—Entonces, trabajar en otra cosa, en mayor cantidad de alimentos, por ejemplo, ¿no es tan útil?

—Todo es necesario, pero todo tiene su momento. Si tu hijo tiene hambre, lo primero que debes hacer es buscarle alimento, pero si además de tener hambre está a punto de caer a un precipicio mortal, ¿qué es lo primero que debes hacer? ¿Buscarle alimento o salvarle del precipicio?

—Salvarle del precipicio, por supuesto.

—Así están las cosas en vuestros mundos. El niño necesita alimento y abrigo, también necesita cultura, arte, un ambiente agradable, atención médica, ciertas comodidades, sabiduría, afecto, pero si está a punto de morir, lo primero que necesita es que se le salve la vida. Cuando su vida no corra peligro, entonces podrán obtener maravillas para él.

—¿Qué posibilidades hay de que "el niño" no muera? —pregunté, sabiendo que se hablaba de la humanidad.

—Depende de ustedes mismos. Sigamos con el ejemplo de la criatura en el precipicio. Supongamos que tres hermanitos logran tomar de las ropas al bebé que cuelga sobre el abismo, pero no tienen la fuerza suficiente como para subirle. ¿Qué deben hacer?

—Bueno, gritar por ayuda, llamar a los padres, a los demás hermanos...

—Un poco para eso son vuestros libros. Son un llamado de advertencia y de ayuda, pero si uno de los tres niños se desanima y dice que todo está perdido, luego se aleja, ¿qué pasará?

—Que tal vez los otros dos se cansen y el niño se les resbale de entre las manos...

—Por eso, mientras más personas se retiren de esa labor, mayores posibilidades de un desastre existen... Tal vez es tu participación lo que inclinará la balanza hacia uno u otro lado. *Tal vez tu mundo depende de ti. Tú, que lees este libro, y según tu acción se te puede juzgar por la suerte de todo tu planeta.*

(Ami nos pidió que escribiésemos exactamente así estas últimas palabras en nuestro libro. Dijo que eso reflejaba un sistema superior de cosas. No comprendí, pero lo escribí tal como él solicitó: con un llamado al lector).

—¿Tienen hambre? —preguntó Ami.

Aquello nos pareció casi un insulto: estábamos llenos de melancolía.

—Entonces necesitan una "recarga de baterías". Vengan. Siéntense.

En la base del cuello nos puso el aparato que producía el efecto de ocho horas de sueño, en sólo quince segundos. Cuando desperté, todo estaba bien. No había tristeza en mí. Al contrario, pero poco a poco fui recordando la separación, aunque ahora me afectaba algo menos.

—Cuando les vea nuevamente, les contaré acerca de muchas otras cosas.

Vinka me miró con una dulce tristeza en la mirada.

Luego se volvió hacia Ami y dijo:

—El principal motivo para esperar tu regreso, no es tanto obtener nuevos conocimientos o visitar otros mundos; sino volver a ver a Pedrito. —Vino a mi lado. Nos tomamos las manos.

—Ustedes hacen mucho "ruido" —dijo Ami, levantándose—. Voy a meditar unos minutos para despejarme la cabeza. Disponen de ese tiempo para despedirse, lamentarse, desgarrarse las vestiduras, arañar el piso, intentar motines y suicidios. Luego de toda esa chochería inútil, Vinka desciende y Pedrito vuelve a la Tierra. —Fue a encerrarse en el recinto para meditar.

A pesar de la tristeza, no pudimos evitar sonreír con las palabras de Ami. Creo que nos reconfortaron.

Despedida

Esta última parte es para mí muy íntima y triste; por eso evitaré entrar en detalles. Me disculparán. Apelo a vuestra comprensión. Si estos libros fuesen leídos sólo por nosotros, los niños, no habría inconveniente, pero uno jamás sabe cuándo puede haber por allí un adulto agazapado entre las sombras, despierto a horas inconvenientes, y ellos se ríen de todo: de la posibilidad de que existan seres extraterrestres buenos y pacíficos, de la intención de luchar por un mundo unido, justo y en paz, de todo. Si se les dice que el amor es la Ley fundamental del universo, se retuercen de la risa; por eso, es preferible no hablar ante ellos de cosas profundas, como la verdad y los sentimientos. Ya lo dice un antiguo adagio chino que leí en un libro de Víctor. No sé si recuerdo bien, pero creo que decía más o menos así:

"Cuando a un adulto se le habla del amor,
ríe a carcajadas,
y si no ríe a carcajadas,
no se le ha hablado del verdadero amor"

Vinka se fue, y yo me siento solo, aunque por las noches, antes de dormir, cierro los ojos, calmo la mente, y, luego de algunos minutos, me parece que ella entra en mí. Bueno, cosas de niños...

Durante el viaje de regreso a la Tierra, Ami quiso mostrarme imágenes del pasado; Jesús en acción, Julio César y no recuerdo qué más. Incluso procuró seducirme con vistas de mí mismo, cuando yo era bebé, pero nada me interesó. Fui a encerrarme en la sala de meditación. Allí permanecí hasta que Ami fue a buscarme.

—Hemos llegado al mundo que estamos preparando para albergar a los rescatados, en el caso de producirse la destrucción de la Tierra. Ven a ver.

Más por cortesía que por curiosidad, fui a echar un vistazo. Estábamos sobre la playa del balneario. Amanecía.

—¡Esto es la Tierra! —exclamé, sin comprender.

—Claro. Este es el planeta que albergará a los sobrevivientes.

—Pero..., yo pensé que sería otro mundo...

—Y será otro mundo: en paz, justicia y amor. Si la destrucción se produce, nosotros evitaremos que sea total. Rescataremos a quienes lo merezcan, antes de que se produzcan las grandes tragedias. Luego limpiaremos el planeta de toda contaminación e impurezas. Después instalaremos allí a los rescatados, para que construyan un mundo hermoso, aunque es preferible que eso se consiga sin ninguna destrucción...

—Tú dijiste que ustedes estaban preparando otro planeta para ese caso...

—No dije otro. Hablé de un mundo, pero no dije su nombre. Este es. Los trabajos geológicos que presenciaste forman también parte de esa preparación que estamos efectuando. ¡Arriba ese ánimo!: no habrá destrucción total del planeta Tierra.

Aquello, ni me alegró, ni me entristeció: sólo pensaba en Vinka.

Ami procuraba parecer optimista para contagiarme buen humor.

—Entonces, en el próximo viaje te mostraré esas imágenes. ¡Pedrito en pañales! ¿Te imaginas? ¡Cómo se va a reír Vinka!

Le pedí disculpas por mi falta de ánimo. El dijo que eso era una chochería inútil, que se me pasaría pronto, pero que me comprendía.

La puerta se abrió, apareció la luz amarilla. Nos abrazamos con mucha fuerza. Dije adiós, e ingresé al resplandor que me llevaría hacia la playa.

—No adiós; sino hasta muy pronto. —Escuché su voz alentadora mientras descendía.

Como la vez anterior, cuando llegué a la arena y miré hacia lo alto, no había nada en el cielo. El "ovni" estaba invisible. En esos instantes escuché un gran escándalo en la carpa de Víctor.

—¡Qué demonios pasa!... ¡Ahhhhh!

Mi primo apareció por la abertura y salió huyendo desaforadamente. Un poco más allá se detuvo. Aquello me hizo volver rápidamente a la realidad.

—¿Qué sucede, Víctor?

—¡Pedro, allá adentro hay un enorme...! —Se rascó la cabeza.

—¿Qué hay, Víctor?

—Un... elefante.

—¡¿Qué; un elefante?! Eso es imposible. ¿En esa pequeña carpita?

—Pero ahí está. Es enorme. De pronto desperté, cuando sentí su inmensa pata sobre mi pecho. Afortunadamente alcancé a escapar...

Comprendí lo que había pasado: Ami utilizó la hipnosis a

distancia para jugar con Víctor y hacerme salir de mi tristeza. Lo consiguió, en parte. Muy decidido me dirigí hacia la carpa.

—¡Cuidado! ¡No lo hagas!

Levanté los pliegues de la abertura de entrada: la carpa estaba vacía.

—Mira, aquí no hay nada. —Mi primo quedó perplejo.

—P-pero...

—Estabas soñando.

Encendimos una fogata y preparamos el desayuno.

—¿Por qué estás tan raro, tan triste? —me preguntó, al darse cuenta de mi estado de ánimo. Allí mismo se me ocurrió la forma de sellar para siempre aquel asunto.

—Es que fui a ver la roca...

—¿Cuándo?

—Antes que despertaras; por eso me viste fuera de la carpa. Yo venía de vuelta.

—¡Eres un desobediente!... Bueno. ¿Y?...

—¿Por qué crees que estoy triste?

Que pensara lo que quisiera. Ya no necesitaba convencer a nadie acerca de la realidad de la existencia de Ami. Mi propia fe me bastaría de allí en adelante.

—¿Viste; no te dije? Fue un sueño.

—¿Igual que tu elefante?

—¡Eso! Eso mismo. Hay sueños que parecen reales, pero son sólo sueños. No es bueno confundir lo imaginario con lo real.

Conclusión

"No es bueno confundir lo imaginario con lo real"; sin embargo, Ami dijo: "Cada cual vive en el universo que es capaz de imaginar". También me enseñó: "Lo que tu alma imagina, lo puedes y debes realizar, con esfuerzo, constancia y fe"

En lugar de creer en un mundo regido por las armas, yo creo en un mundo regido por el amor, y si somos muchos los que soñamos el mismo sueño, es inevitable hacerlo realidad.

Dejemos a los adultos con sus burlas, sus armas y sus "imposible". Nosotros, los niños de corazón, seremos como el abejorro, ese bichito gordo, pesado y de alas cortas. Según las reglas de la aerodinámica, no puede volar. "Científicamente comprobado", pero como desconoce la opinión de los científicos, el muy ignorante va y se lanza imprudentemente a volar..., y lo hace como la mejor de las abejas...

Un buen puñado de "abejorros", y el "niño" no se cae al precipicio. Al menos el de *mi* cuento, no.

Recontra conclusión

(Hay que poner nombres a todo...)

En una playa no muy lejana existe una sólida y alta roca. En su cima algún extraño poder grabó un corazón alado. Se dice que solamente jugando siempre bonito se puede encontrar. Lamentablemente, sólo algunos niños han conseguido localizarlo. Ello se debe a que los niños, aparte de ser más livianos y ágiles que los adultos, juegan bonito; en cambio los otros lo hacen en forma terri-ble, y como esa roca es el punto de partida hacia un mundo maravilloso (que lo es, justamente debido a que sus habitantes están siempre jugando a que lo es), no se puede correr el riesgo de admitir a una persona que juegue feo, tampoco a una que a veces juegue bonito, y a veces se duerma y juegue feo: ello causaría la destrucción inmediata de ese mundo hermoso.

Requetecontra conclusión

Cuentan los que saben, que un anciano de juguetona mirada consiguió subir a la roca. Los lugareños observaron extrañas luces en el cielo nocturno. Al otro día le vieron rejuvenecido partir con rumbo a la sombría y problemática ciudad. Con paso muy decidido y alegre se alejó musitando algo acerca de salvar a un niño...

¿Fin?

Mientras la humanidad continúa dividida
viviendo en injusticia
con la espada en la mano
destruyendo su heredad
desconectada del amor

¡No!

INDICE

OBRAS DE ENRIQUE BARRIOS

Ami - El Niño de las Estrellas

Ami Regresa

Ami y Perlita

El Maravilloso Universo de la Magia

Cuentos de Amor, estrellas y Almas Gemelas

Mensaje Acuariano